새드 투게더

새드 투게더   서로의 손을 잡고 일어서기

손수현   신연경

마음산책

새드 투게더

서로의 손을 잡고 일어서기

1판 1쇄 인쇄 2024년 12월 25일
1판 1쇄 발행 2024년 12월 30일

지은이   손수현 · 신연경
펴낸이   정은숙
펴낸곳   마음산책

담당 편집   이하나
담당 디자인   오세라
담당 마케팅   권혁준 · 최예린
경영지원   박지혜

등록   2000년 7월 28일(제2000-000237호)
주소   (우04043) 서울시 마포구 잔다리로3안길 20
전화   대표 | 362-1452   편집 | 362-1451   팩스 | 362-1455
홈페이지   www.maumsan.com
블로그   blog.naver.com/maumsanchaek
트위터   twitter.com/maumsanchaek
페이스북   facebook.com/maumsan
인스타그램   instagram.com/maumsanchaek
전자우편   maum@maumsan.com

ISBN   978-89-6090-915-1 03810

* 책값은 뒤표지에 있습니다.

완벽한 건 보기에 좋지만

조금 멀리 있는 느낌이 들어서

흠잡을 곳 없는 하트보다는

약간 찌그러진 모양이 좋다.

프롤로그

신연경

　　예전의 나는 우정의 실패에 관한 글을 쓰고 싶다고 말하고 다녔다. 너랑 나 사이에는 무수히 많은 비밀이 있다고, 우리의 우정이 너무 소중해서 바깥은 알고 싶지 않다고 말하는 듯한 글을 읽으면 배알이 꼴리는 인성을 가졌기 때문에⋯⋯. 게일 콜드웰이 쓴 것처럼 친밀함의 암호들은 애초에 해독을 거부하는 말일 수 있다. 하지만 자칫하면 그런 글은 필연적으로 바깥에 위치하는 독자에게 '너희 우정 최고다, 근데 뭐 어쩌란 말이지?'라는 생각을 안길 수 있다. 아무런 갈등과 폐기가 없는 이야기는 가끔 읽는 이의 속을 더부룩하게 만드니까. 이런 세상에서 온전한 정신은 약점이 될 수 있으며, 그 위에서 이루어진 매끈한 우정과 삶에 대한 이야기는 신물이 난다고 생각할 수도 있는 것 아닌가? 이런 생각은 단지 내 고약한 성질머리의 발로일지도 모른다. 나는 확실히 누군가가 어떤 이와 얽히고, 부서지고, 넘어졌다가 다시 손을 잡고 일어나는 이야기에 더욱 쉽게 매혹되었다. 왜일까. 그러는 게 부럽고, 징그럽고, 아름다워서? 그 마음을 자세히 들여다보았다. 이를테면 내게 없는 것, 그런 용기. 실패를 인정하고 다시 만날 용기.

먼저 고백하자면 나는 우정에 실패하기를 실패했다. 정확하게 말하자면 그들은 내가 실패하는 데 실패하게 했다. 그래서 쓸 수 없었다. 내게 없는 것도, 그리하여 내게 소중해진 것도 쓰기 어려웠다. 내게는 너무도 진실인 이야기들이 언젠가 말라붙을 하나의 에피소드일까 봐, 자칫 선을 긋고 바깥을 만들까 봐, 내가 그토록 심드렁하게 바라보았던 '남의 이야기'의 바로 그 '남'이 될까 봐 한없이 겁이 났다.

　　이런 것도 고백이 될 수 있다면 나는 대신 삶에 실패하는 중이다. 친구들과 함께 살던 빌라에서 나는 자주 죽고 싶어 했다. 여기서는 수치심과 굴욕감을 해결할 수 없어, 내가 아닌 장소로 가고 싶다는 생각. 삶보다 죽음이 차라리 감당 가능하다는 생각이 들면 자주 사라지고 싶었다. 스스로 밥을 짓지 못하고, 계단 한 칸에도 다리를 올릴 수 없었으며, 글자 한 자 눈에 담을 수 없었을 때. 옥상에 올라가서 난간 아래를 훑어보며 몇 미터쯤 될지 셈해보면서, 입속에 아무것도 집어넣지 않는 방식으로 나를 고문하는 게 익숙해질 때쯤, 하우스˚의 대사를 떠올렸다. "죽을 뻔해선 아무것도 바뀌지 않아. 죽음이 모든 걸 바

˚　　미국 드라마 〈하우스〉.

9

꾸는 거야." 내가 도저히 헤아릴 수 없는 끝 이후에 남겨진 무수한 삶, 그런 게 떠오르면 눈을 질끈 감고 온 힘을 다해 죽음을 참았다. 참은 건 나였지만, 참을 만하게 만든 건 그들이었다. 낯선 도시 풍경이나, 그 속에서 만난 사람들, 무엇보다 여기에 발을 붙이고 살게 만들어준 친구들이 삶의 요철을 하나하나, '곁'이라는 사포로 바득바득 갈아주었다. 밥을 지어 먹이고, 공원에서 억지로 뜀박질을 하게 만들고, 눅눅한 여름에 선풍기를 내 쪽으로 돌려주면서, 아껴주는 이의 표정을 보여주면서, 각자의 삶을 구하려는 모습을 틈틈이 내게 쥐어주면서 나를 같이 구했다.

상처와 눈물로 얼룩진 채로 서로에게 등을 지는 것이 실패라고 할 수 있겠다. 하지만 나란히 서서 재가 된 실패를 같이 바라보는 것, 나는 그것을 쓰길 택했다.

이런 장면을 떠올린다. 나와 친구들은 집에서 대부분의 시간을 보냈고, 아주 가끔 함께 거리를 걸었다. 대충 같이 가고 있다는 느낌만 내면서 흩어져 걸을 때가 많은데, 우리가 일렬로 걷는 몇 안 되는 순간이 있다. 누가 죽거나, 누가 누구한테 맞았거나, 누구를 죽이고 때린 사람이 너무 빨리 감옥에서 나올 것 같거나 감옥에 안 갈 것 같을 때. 현수막을 들고, 스티커와 종이를 나눠 받고, 검은 옷을 입고, 운동화를 고쳐 신고 걷는다. 우리가 나란히 서서 걸을 때 나는 그들이 낼 수 있는 가장 큰 목소리를 들었다. 유일하게 표정을 보지 않는 상태로 친구의 목소리를 듣는 순간. 아무에게도 명령하지 않는 친구들이 명령하는 소리. 바꿔라, 치워라, 그만해라. 나는 우리가 챙겨주고 챙김 받으면서 그 순간만을 누리고 오이소박이나 팍팍 무쳐 먹고 싶다는 생각을 하지만, 나란히 걸으며 악쓰는 사람과 오이소박이를 나눠 먹는 사람이 같은 사람이라서 다행이라는 생각도 한다.

사람들이 얼굴을 구길 수밖에 없는 가파른 언덕길 위의 집에서, 우리의 것도 아닌 한 채의 빌라 안에서, 각자가 가진 희망이 일생을 그르치는 모습*을, 그러나 해내는 모습을, 그리고 또 무너지는 모습을 지켜보았다.

내가 쓰길 원한 건 우정의 실패가 아니었다는 것을 깨닫는다. 완벽한 실패란 이제 더는 서로가 삶에서 중요하지 않게 되는 순간이 오는 거다. 내가 원한 것은 누군가가 어떤 이와 얽히고, 부서지고, 넘어졌다가 다시 손을 잡고 일어나는 이야기. 손잡고 일어나 서로의 상처에서 이로운 진물이 나오길 바라는 마음이었다.

---

*　기형도 시 「길 위에서 중얼거리다」의 구절 "길 위에서 일생을 그르치고 있는 희망"에서.

성혜현 편집자님은 쓰면서 자주 미끄러졌던 내게 '한 사람의 마음에라도 영향을 줄 수 있다면 글이 될 수 있다'고 알려주셨다. 그 말을 곱씹다가 나도 그렇게 믿기에 이르렀다. 이하나 편집자님은 지우고 고치는 일 사이에서도, 내가 적은 '긴긴밤'이라는 단어를 아낀다며 이 발견이 기쁘다는 말을 원고 틈새에 남겨주신 분이다. 그렇게 생각해도 된다면, 그 메모를 읽던 순간에 새로운 우정을 발견한 것 같았다. 두 분께서 타인을 섬세히 살피는 일에 얼마나 성실히 시간을 들이셨을지 천천히 생각해보면서 많이 배웠다. 4년이란 긴 시간을 기다려주신 마음산책 출판사, 독자에게 발견될 첫 모습과 책의 면면을 아름답게 만들어주신 오세라 디자이너님, 이 책을 알리기 위해 고민해주실 권혁준, 김은비, 최예린 마케터님들께도 깊은 감사의 마음을 표하고 싶다.

　　서로가 없는 시간 속에서 언제나 잘 지내고

있다는 거짓말을 믿어주는 엄마에게 고맙다고, 나도 사는 동안 당신의 같은 거짓말에 착실히 속아주겠다고 전한다. 그와 별개로 나는 우리가 정말 잘 지내길 바란다.

여기에 적히거나 적히지 않은 이름 사이에서 나는 매일 자란다. 너무 사랑해서 쓰고 싶었던 이름과 정확히 같은 이유 때문에 어떤 방식으로 써도 석연치 않아 쓸 수 없었던 이름이 있다. 모두 언제까지나 내 마음속에서 되뇌겠다고 그들에게 약속한다. 나는 우정이라는 단어를 좋아한다. 그 바람에 우정을 이름으로 가진 사람을 연인으로 맞기에 이르렀다. 농담이다. 그의 보필 덕분에 여기까지 왔다. 이름값 하는 그에게 나도 끝내주는 우정을 돌려줄 것이다.

타인의 이야기를 이해하지 못하는 것과 이해하는 것, 이해해보려고 노력하는 것 모두 시간을 들이는 일이다. 이 책에 귀한 시간을 내어주실 독자들께 감사드린다. 당신에게도 뒤돌아볼 만한 시간들이 차곡차곡 쌓이길 빈다.

차례

내가 사랑한다고 믿었던 모든 것들에

조금 관대해질 수 있겠다는 희망을 품었다.

바람이 부는 날

손수현

내가 지내는 곳은 빌라촌이다. 하지만 여기서 조금만 벗어나면 우뚝 솟은 고층 건물들이 곳곳에 보인다. 요즘엔 허물고 세우는 것이 마치 유행 같아서 낡은 빌라는 금세 무너지고 그 땅은 척박한 무덤이 되는가 싶더니 빽빽한 아파트 단지로 탈바꿈한다. 언덕 위 우리 빌라를 지나 반대쪽 언덕을 내려가도 무덤이 있다. 빨간 딱지의 무덤. 곧 자본을 묻어 무덤이었음이 감쪽같이 지워지도록 만들 것이다. 오랫동안 그곳을 지키고 있던 사람들은 어디로 갔을까? 아직 이 상황을 모르는 길고양이들만이 곳곳에 숨어들어 동네를 지킨다.

　　내가 사는 동네에는 아파트도 있지만, 오피스텔도 많다. 근방에 대학교가 셋이나 붙어 있어서인지 비교적 저렴한 편이다. 저렴하다는 건 상대적이어서 적절한 표현인지 모르겠지만, 어찌 됐든 간간이 햇빛이 드니 그래도 어느 정도 '중간'에서 살고 있다는 위안은 준다. 나는 그런 마음으로 어느 한 오피스텔에서 첫 독립생활을 시작했다. 화장실과 부엌을 빼고 나면 3평 남짓한 공간에서 이불을 접었다 폈다 하며 잠을 잤다. 지금은 노묘가 된 고양이 슈짱과 처음 부대낀 곳, 대학교를 졸업하고 뭐 하면서 먹고살지 매일 고민하던 곳, 모아둔 돈으로 혼자서 호기롭게 쇼핑몰을 시작했다가 극한의 노동에 허덕였던 곳이었다. 일을 마치고 돌아오던 새벽에 택시 안에서 맡았던 아카시아꽃의 향기가 아직도 생생하다. 무표정한 얼굴로 집으로 향하던 길에 갑자기 새어 들어온 꽃향기를 맡고서 펑펑 눈물을 쏟았던 적이 있었다. 숨을 양껏 들이마시는 일은 3평 공간에서는 아무래도 녹록지 않은 일이었다.

　시작도 빠르지만, 포기도 빠른 것은 장점일까? 1년의 세월을 그렇게 보내고서 나는 미치기 전에 냉큼 사업을 접었다. 그러곤 3평짜리 집에서 당장 벗어났다. 다음에 자리 잡은 장소는 그곳에서 그리 멀지 않은 복층 오피스텔이었다. 당시 혼자 지내던 친구 집에 얹혀살게 된 것이다. 월세를 반반 부담하면서 친구는 내게 자신의 공간을 내어주었지만, 갑자기 몸만 독립한 나는 집안일을 어떻게 꾸려야 하는지 전혀 알지 못했다. 태어났을 때부터 있었던 '엄마'라는 존재 덕분에 먼지 하나 없던 집 안의 깨끗함이 당연한 줄로만 알고 있었다. 집을 치워주는 요정, 그 우렁 각시가 엄마라는 사실을 알게 된 건 독립을 하고 나서도 한참이 지난 후였다. 그런 상태의 나와 지냈을 그 당시 친구는 내가 모르는 사이 얼마나 많은 일을 했을까. 싱크대에 올려둔 컵라면 뚜껑을 나 대신 치워줬을 그 친구를 종종 떠올리며 월세를 다 내고도 모자랄 빚을 졌다고 생각했다. 그 집에서 아무 생각 없이 1년을 살았다. 그 뒤로 그 친구와 근처 다른 집에서 1년을 더 살았고 데뷔하고 나서는 그 친구와도 완전히 독립했다. 서교동 한 빌라에서 또 1년을, 본가로 다시 들어가서 1년을, 연희동과 화곡동에서 각각 1년을 지내고 나서야 비로소 지금 여기 언덕에 지어진 연희동 빌라에 안착했다. 그러니까 이곳에서의 여덟 번째 가을이다.

그렇게 여러 차례 거처를 옮기는 과정에서 복층 오피스텔은 점점 기억에서 흐려졌다. 오며 가며 지나칠 때도 있었지만 이제 나와는 전혀 상관없는 집이었다. 신연경과 승은이 뜬금없이 그 오피스텔에 들어앉기 전까지는.

나와 승은은 2017년 무렵 그의 공연장에서 처음 만나 술을 매개로 둘도 없는 친구가 됐다. 승은을 알게 됐을 당시 그는 본가에 살고 있었다. 승은을 통해 정원과 신연경이라는 친구를 만났는데 마침 우리는 그때 새로운 세상에 눈을 뜨고 있던 참이었다. 마라톤의 시작을 알리는 호각 소리와 그에 맞춰 동시에 첫발을 내딛는 마라토너처럼, 그 출발이 같지는 않았어도 각자의 귀를 멍하게 만들던 순간이 있었을 것이다. 어쨌든 막 달리려던 참이었다. 우리는 일찍 만나 늦게까지 술을 마시며 세상의 흠을 찾아냈다. 그동안 한 치의 의심 없이 살던 세상이 실은 부조리의 결정체였다는 것을, 매일 어렴풋이 찾아오는 아침의 빛을 보며 깨달았다. 대화가 쌓일수록 막연한 감각은 실체를 찾아갔다. "해가 서쪽에서 뜨겠네."라는 말에 해가 진짜 서쪽에서 뜬다고 헷갈릴 만치 해롱대면서도 벽에 뚫린 구멍 하나라도 막고 죽을 수 있다면 좋겠다고 생각하며 술을 많이도 마셨다. 그렇게 매일 마시다 보니 각자 집이 흩어져 있다는 사실마저 아쉬워지는 순간이 찾아왔다. 그 아쉬움이 동력이 되어 잘 움직이지 않는 승은이 움직였다. 내가 살던 그 복층 오피스텔을 계약하고 만 것이다.

계약도 이사도 일사천리로 마친 승은의 집을 찾았다. 경비 아저씨도 그대로였고, 그 밑에 편의점도 그대로였다. 약간 누런 벽지와 작은 부엌, 계약서상 반려동물 금지이지만 개 짖는 소리가 들려오는 것까지도 그랬다. "아니 어떻게 하필 또 이곳이야?" 내가 묻자 승은은 근처에서 제일 저렴하면서 살만한 데가 이곳뿐이었다고 했다. 오피스텔치고 '괜찮은' 가격이었던 것이 떠올랐다. 하지만 괜찮은 가격엔 이유가 있는 법이다. 아무리 보일러를 가동해도 복층 바닥은 냉골만치 차가웠고 추우면 복통이 생기는 그는 우리 집에 자주 왔다. 따뜻한 바닥을 좋아하는 고양이들 덕분에 우리 집은 늘 바닥이 따뜻했기 때문이다. 그렇게 겨울을 나고 보니 승은은 어느 순간 우리 집에서 살고 있었다. 나는 크게 개의치 않았다. 그래, 비싼 땅값에 월세는 반반 내는 게 제일이니까.

아직 계약 기간이 남아 있던 승은의 복층 오피스텔에는 연경이 왔다. 연경이 본가를 떠나는 데는 하루의 고민도 필요하지 않았다. '그 집 비었는데 네가 살면 어때?'라고 운을 뗀 바로 다음 날 그는 트렁크 가방 하나 들고서 출가했다. 곪은 뾰루지 튀어나오듯 그렇게 본가를 튀쳐나와 방을 예쁘게도 꾸몄다. 이제는 한 동네에 개 집도 있고 내 집도 있어서 아무리 술을 마셔도 막차를 걱정하지 않아도 됐다. 연경과 정원이 함께 살게 된 것은 그 오피스텔 계약 기간이 끝난 뒤였으니 정원은 한동안 우리를 만나기 위해 머나먼 길을 오갔다. 유일하게 회사 생활을 했던 그는 출퇴근이 꽤 익숙해 보였지만 기회를 잡아 그만둔 것을 보니 그건 아무리 익숙해져도 싫은 일

임이 분명했다. 머잖아 두 사람은 나와 승은이 살고
있던 집 아래층으로 이사했다.

   어렸을 적 종종 막연하게 꾸던 꿈이 있다. 어
른이 되면 친구들과 모여 살고 싶어. 그때엔 친구가
모이기만 하면 되는 줄 알았는데 많은 우연이 쌓이
고 현실적 상황이 맞아떨어져야 가능한 일이라는 걸
이곳에 살림을 꾸리며 알게 됐다. 흩어져 살던 각자
의 삶을 잠시 뒤로 하고 이곳에 모이게 된 이유에는
단순히 '재미'만 있는 것은 아니었다. 월세를 반반 내
고, 혼자 사는 것보다 안전한 데다, 함께 이야기를 나
누며 같은 가치를 공유한다. 그러니 안 할 이유 없는
동거인 셈이다. (물론 재미도 있다.) 어렸을 적 막연히
꾸던 꿈에 이렇게 구체적인 답을 내리게 될 때면 이
인연의 시작을 떠올린다. 몸과 마음을 이곳으로 이
끌어온, 치열하게 살아온 각각의 삶을 상상하다 보
면, 모두가 잠깐 스쳤던 오피스텔에 다다른다. 10년

전 내가 그 오피스텔에서 컵라면 뚜껑 하나 치우지 않으며 살 때만 해도 이렇게 될 줄은 모를 일이었다.

나의 속단과는 관계없이 일어나는 일이 있다. 약속하지 않고 예감하지 않았을 때, '운명'이라는 단어는 극적으로 그 애매함을 퉁쳐주곤 했다. 내가 대충 한 약속을, 치사하게 예감한 순간을 내 운명이 지켜냈다면, 우리는 '운명'인 것이지. 그러니까 나는 자주 이렇게 말했다. 내가 그럴 줄 알았다니까. 하지만 나는 이럴 줄 몰랐다. 한 빌라의 두 채에 월세 내는 일이 정말 우리의 '운명'이었다면, 내 헐거운 약속을 누군가가 지켜주고 내 오만한 예감을 누군가는 안 해주어서라는 사실을, 나는 이제는 알 것 같다.

우리 집 뒤에는 동산이 있다. 정원은 따로 없지만, 작은 산등성이가 펼쳐진 그곳이 정원이다. 흐드러지게 핀 꽃이나, 꼿꼿이 선 나무의 색깔이 시시

각각 바뀌어가는 걸 보고 있으면 보이지 않는 시간이 손에 닿는 것만 같다. 똑같은 자리에서 똑같은 색을 보여주는 여덟 번째 갈색 잎. 그것은 그 자체로 이야기다. 반듯하고 거대한 새것들을 마주할 때마다 오랫동안 그 자리를 지키고 있었을 누군가의 이야기가 떠오른다. 얼굴도 모르는 이의 바람이 들리는 듯하다. 우리가 발 딛고 선 이곳이 허물어지지 않았으면, 따위의 소박한 바람. 나는 여기에서 오래 살고 싶다.

동네 사랑법

신연경

'농어촌 수당'이라든가 '농어촌 특별 전형' 같은 말로는 내가 살던 동네를 설명하기엔 충분치 않다. 이런 식으로 설명해보면 어떨까. 동네에 프랜차이즈가 아닌 편의점 하나가 생긴 날, 밭을 매다 말고 땀에 전 수건 하나씩 둘러맨 사람들과 그들의 자식, 그 자식의 자식이 모조리 나와 잔치 비슷한 걸 벌였다. 이름 모를 풀뿌리를 쥐고 다니는 노인을 종종 마주치고, 대개 대각선으로 가로질러 무단횡단을 하며, 꽃을 따서 꿀 빠는 애들이 있던 곳. 나도 엇비슷했다. 하교 후엔 며칠 간격으로 친구에게 이런 말을

했다. "우리 오늘 모험할까?" 길이 나지 않은 길로
가자는 뜻이었다. 썩은 배추가 뒹구는 밭고랑에서
썰매를 타다가 시내 컴퓨터 학원에 가 흙 낀 손톱으
로 한컴타자연습을 하던 애매한 유년이었다. 컴퓨터
속 하늘에선 궁서체의 쭉정이, 맷돌, 봉긋하다, 쫑긋
쫑긋 들이 내려왔고 나는 그것들을 하나씩 없애고선
집에 돌아왔다. TV에선 '디지털'을 '돼지털'로 알아
듣는 할머니가 나왔다.

　　그 무렵엔 엄마가 다니던 뜨개방에 자주 갔
다. 돈벌이를 위해 차렸다기보다 어느 가정집 한구
석에 소일거리로 실뭉치와 코바늘을 갖다놓은 정도
였다. 거기에는 늘 편안한 늘어짐과 은근한 들뜸이
공존했다. 마음 맞는 친구들이 여기에 다 모였으니
생이 드디어 펄떡이기 시작할 거라 기대하는 사람은
아무도 없었지만, 그런 걸 기대하는 사람이 아무도
없다는 걸 모두가 안다는 점, 그것이 편안함을 구성

하는 핵심 요소였을지도 모른다. 은근한 활기는? 뜨개의 반복성을 적절히 희석시켜줄 창의성을 겸비한 공간이어서? 그렇지만 내가 생각하기엔 아마 가정집 생김새와 비슷하긴 했어도 거긴 확실히 집구석이 아니었기 때문이었을 거다.

보리물 끓는 냄새가 나는 그곳에 가면 누구나 밥을 얻어먹거나 낮잠을 잘 수 있었고, 나는 그곳을 알뜰히 잘 썼다. 그런 나에게 아주머니들은 꼭 한마디씩 건네셨는데, 그럴 때마다 내가 받는 애정의 크기를 대충 셈할 수 있었다. 누군가가 내민 검지 끝의 잼을 빨아 먹거나 가방에 다는 체리 모양 액세서리를 얻으면서. 지나가다가 괜히 개미를 밟고 싶은 고약한 마음을 가지든, 버리기 귀찮은 사탕 껍질을 베개 밑에 숨겨놓든, 내가 누구이든 간에 특정 연령이어서 누릴 수 있는 특권이 있음을 어렴풋이 알았고, 그 사실을 절대적으로 모르는 척했다. 누런 장판이 뜯겨 곳곳에 시멘트가 드러난 바닥에 귀를 대고 누우면 이야기들이 흘러 들어왔다. 내 이름이 들려와도 안 듣는 척하며 그들 사이에서 잠을 청하면, 그러다 선잠이 찾아와 몽롱해지면, 모르는 사이에도 사랑받을 수 있다는 근사한 기분이 들었다.

어른이 되면 떠나는 것이 수순인 줄 알았고, 어느새 서울로 와서 살게 됐다. 그 누구의 얼굴도 모르는 동네에서 나는 처음부터 배우는 수밖에 없었다. 세련된 거리로부터 십 분만 걸어도 물이 흐르는 곳이 나온다는 것을 배우고, 그 물 위에서 자라는 수형이 길게 늘어진 나무들을 발견하고, 그 나무가 보이는 커피집에서 원두를 골라 커피를 마셨다. 그러다 보면 커피집 사장님이 이런 말을 건넸다. 여기는 참 걷기 좋죠. 운치 있는 말이다. 그럼 별로 운치 없는 얘기를 해볼까.

이곳에는 사람들이 너무 많았고 우리는 아무

도 서로를 몰랐다. 표정을 없애면 나조차 새로워진 느낌이 든다. 가끔 구식 간판을 반가워하며 휴대전화의 카메라를 켰지만, 금세 이런 생각이 고개를 쳐들었다. 이봐…… 이렇게 매끈한 도시에서, 아직 그리움을 간직한 사람처럼 보이고 싶은 거야? 촌스러움이 미학이 되는 시대에 주목이라도 받고 싶은 거야? 그렇지만 누가 그런 종류의 진실을 말해주겠는가? 나는 과거를 청산하고 도시의 일원이 되었다는 망상에 자주 가슴이 웅장해지고 말았다. 도착이 정착이 되고 종착이 될 것만 같다는 느낌. 이전에 살았던 삶은 모두 가짜였다고 지당하게 여기며 '진짜' 삶이 시작되기를 기대했다. 모든 메뉴가 영어로 적혀 있는 국적 불명의 카페에 들러 8천 원짜리 떫은 커피를 마시면서. 그러나 나의 근간을 확인하는 일은 머지않아 일어났다.

번화가에 나가 머리를 하려면 18만 원을 내야한다기에 동네 미장원에 기웃거린 날이었다. 지나다니기만 하고 들여다본 것은 처음이었다. 색 조합이 제멋대로인 수건들이 밖에 널려 있었고, 오래된 모텔에서나 볼 법한 큼직한 꽃이 일정 간격으로 그려진 벽지가 발린 곳이었다. 머리하는 의자는 딱 하나, 수건을 머리에 대충 둘러 묶은 동네 아주머니들이 평상처럼 넓게 펼쳐진 자리에 앉아서 수다를 떨고 있었다. 이거 어디서 많이 본 거다, 본능적으로 알았다. 문틈에 몸을 반쯤 걸친 상태로 물었다.

"원장님, 파마는 얼마인가요?"

"3만 원이용~"(익숙한 높낮이)

싸다! 그 길로 미용실에 들어섰지만 선반 위에 놓인 새끼손가락보다 가는 파마 롤이 나를 잔뜩 긴장하게 만들었다. 제일 굵은 걸로 해달라고 애원

했다. 들으셨는지 못 들으셨는지 원장님은 날 자리에 앉히고도 십 분은 더 수다를 마저 떨며 머리카락도 쓸고 노래까지 흥얼거렸다. 손님들과 뭔가를 공동으로 구매하는지 입속말로 행하는 산수 끝엔 지폐 몇 장이 손에서 손으로 오갔다. 허공에 날아다니는 대화 몇 마디에 '톡 쏘는데 어딘가 리듬감 있고 부드러움이 느껴져…….' 그런 생각이 절로 들었다. 이윽고 다가온 원장님의 조심스러운 손가락이 머리끈을 풀고 내 머리통을 살살 쓰다듬었다. 그 손길에 눈을 감고 있으니 평상 위 주황 수건을 두른 여자의 목소리가 들린다. "나 두어 시간 더 걸리니까 집에 있어. 술 처먹지 말고잉~" 끊는다. (좌중 폭소) 중년 혹은 중년을 훌쩍 넘겨 세월의 흔적이 얼굴이나 눈매에 밴 여자들이 모여 무언가를 벗고 편해지는 모습. 삶의 누추함과 잡스러움쯤이야 우리 손아귀에 있다는 듯, 내가 만난 아줌마들은 정말 그런 것처럼 보이도록 하는 데 수완이 좋았다. 해학이 언제나 늪에서 피어

난다는 명제를 모르지 않지만 그들끼리 이리저리 농치며 떠드는 모습이 찬란하게 느껴졌다. 그들이 성심성의껏 서로를 돌보고 있기 때문이다.

원장님은 머리를 말며 "여기는 아줌마들이 많아서~ 파마 약을 아주 좋은 걸 써용. 두피가 다 벗겨지니깨~"라며 나를 안심시켰다. 파마 약이 아니라 저는 지금 그 롤의 굵기가 제일 두렵습니다……. 말하지 못했다. 머리를 다 말고 하늘색 수건 하나를 내 머리에 터번처럼 둘러주시고는 두어 시간 집에서 쉬다가 오라고 하셨다. 이 시대에 열이 아니라 시간으로 만드는 머리카락의 굴곡이라니. 몰골이 좀 추했고, 머리에 둘둘 만 수건이 멋쩍어 집으로 올라가는 언덕에 사람 비슷한 형상만 나타나도 흠칫 놀랐는데 멀찍이 조그만 사람이 하나 보였다. 여기는 도시이고, 아무도 나를 모를 것이다. 특이한 사람도 많을 것이다. 바퀴가 하나뿐인 전동 기계를 타고 다니는 사람도 있잖아……. 나도 그의 얼굴을 잊었잖아. 그사이 가까이 다가온 사람의 정체는 수현이었다. 이 동네에 언니가 있어서 다행이야, 그에게 어기적거리며 다가갔다. 수현은 이를 보이며 호탕하게 몇 번 웃더니 그 큰 웃음에 주저앉지도 않고 꼿꼿이 서서 내 모습을 휴대전화에 담았다.

내가 뜨개방 아줌마들로부터 배운 바에 따르면 미용실에 돌아갈 때는 집에서 수박을 썰어 가야 했다. 입에 넣기 좋은 크기의 네모 모양으로. 이쑤시개는 아까 있던 사람 수보다 조금 넉넉하게. 가는 길에 수박 물이 마르지 않도록 위에 뚜껑을 덮어서. 미용실 앞에 도착하니 마침 짐을 챙겨 나가던 아주머니 두 분이 내가 먹을 복이 있네, 하면서 다시 들어오셨다. 수박 몇 점에 사람을 붙잡았다는 것이 좋았다. 옹기종기 이쑤시개에 수박 하나씩을 꽂아 삼키며 밀려오는 이상한 안도를 만끽하고 있던 바로 그때, 단추 세 개를 꼭 여민 다홍색 마이를 입은 아주머니가 "모두~ 안녕하신가~?"하면서 사뿐사뿐 등장했다. 갑자기 이 모든 게 연출된 상황처럼 느껴지며 나도 한 배역 차지하고 뭔가를 해야 할 것만 같은 책임감에 휩싸였다. 다홍 마이 아주머니와 이런 대화를 나누었다.

(청포도 사탕을 건네며) "아가, 내 딸 할려?"

"네, 엄마."

"아유~ 있지도 않은 딸이 그리워지려고 하네."

내 배역을 충실하게 완수한 대가로 처음 보는 사람의 입에서 '그리움'이라는 말을 듣는 게 좋았다. 그로부터 한 시간이 흐르고 나는 다섯 가구의 가정사를 속성으로 알게 되는데……. 떼는 입마다 시련인데 자꾸만 그 유쾌한 입담에 웃게 되었다. 그들은 하루치 콩트를 마치고 다시 헌신의 자리로 돌아갈 것이다.

머리를 마치고 거울 앞에는 어김없이 드라마 〈내 남자의 여자〉 속 김희애 배우 머리가 비쳤다. 좌절할 틈도 없이 이런 장면을 보았다. 원장님은 냉동고에서 얼린 음료수를 꺼내 집에 가는 아주머니에게 건넸다. 언 음료수를 받은 아주머니는 "나 가방 없슈." 하며 툴툴거린다. 그러자 원장님이 자기 가방 속을 털어서 칠이 다 벗겨진 소파 위로 내동댕이친다. "이게 가방 아니면 뭐유." 깡깡 언 음료수를 신문지로 감싸 가방과 함께 다시 건넨다. 가방을 받은 아주머니는 "온도 차 때문에 물 생길까 봐 그러지?" 하고 원장님의 사랑법을 한 번 더 읊어주었다.

※

이건 너무 극적인 이야기일지도 모른다. 어쩌면 내 기억을 토대로 가공된 이야기일지도 모른다. 과거 동네를 드문드문 회상할 때는 그저 고색창연한 아름다움이라고 생각하기도 했다. 아무렴 삶은 8할이 착각이니까, 좋은 것만 기억하려 드는 것일지 모른다고. 그러나 늙어감이 낡아감이 아님을, 분명한 아름다움이 있음을 그들의 삶과 자존과 나눔으로 가르치는 사람들이 그 동네에 있었다. 나는 의외로부터 배우기보다 가진 것을 부풀리며 살기로 한다.

그래, 동네를 들여다보면 한 시절이 생긴다. 형편이나 사정을 근거로 결별하는 동네의 추억을 마음속에 묻어두고 새로운 동네에 가더라도 삶은 계속되니까. 묻어두었던 뿌리는 내게 다른 동네에서도 마음을 붙이고 자리를 잡게 만들어주었다. 미장원을 방문한 뒤로 커피숍이나 과일 가게에 가더라도 말 한마디를 더 붙여보았다. 그러면 우리는 모르는 사이에서 아는 사이가 됐다. 앞으로 어디에 살게 되든 이 동네 미장원 사람들과의 짧은 연극과, 골목에서 나의 우스운 꼴을 담아주는 친구를 만났던 순간을 힘껏 기억하기로 했다. 그리고 다짐한다. 그들이 내 삶에서 그러하였듯이 나도 모르는 사람 앞에서도 '그리움'을 입 밖에 꺼내면서, 얼린 음료수를 신문지에 싸주면서, 멀찍이서 다가오는 사람을 흰 치아로 맞으면서, 자주 가혹해지는 시간을 잠시 만회할 수 있는 장소가 되어보자고.

여행의 동네

손수현

동네를 여행한다는 말이 있다. 여행이라는 단어는 보통 타국이나, 꼭 타국이 아니더라도 사는 곳을 떠나 유랑한다는 의미로 통용된다. 동네라는 단어가 내가 사는 곳의 근방을 아우른다는 점에서 동네를 여행한다는 말은 어쩌면 뜨거운 국물이 시원하다는 말과 같다. 앞뒤가 맞지 않을 뻔했던 저 문장은 여러 가지 결을 띤 단어의 뉘앙스 덕분에 조금 낭만적인 느낌을 풍기게 되었다. 세상에는 내가 아는 의미, 그걸 넘어선 함의를 품고 있는 것들이 많다. 동네도 그렇다. 오래된 동네는 모름지기 그에 걸

맞은 오래된 상징이 많고 나는 그런 동네를 여행하듯 산책하는 것을 좋아한다. '산책은 여행'이라는 마음가짐만으로도 익숙한 장소를 낯설게 바라보게 된다. 무심코 지나쳤던 무언갈 뚫어져라 바라보게 만드는 힘이 거기에 있음을 나는 연경을 통해 배웠다.

우리 동네엔 조그맣고 오래된 미용실이 있다. 여느 동네라도 오래된 미용실 하나쯤은 있을 것이다. 그 옆에는 어느 때고 스팀 연기가 새어 나오는 세탁소가 있고 또 옆에는 건반 몇 개쯤은 망가진 채 눌려 있는 피아노 학원 같은 게 있는 것이 법칙이다. 우리 동네에는 '사넬 미용실'이 있다. 그 미용실은 언덕 위 우리 집에서 내리막을 턱턱 걷다 보면 오른쪽에서 갑자기 나타난다. 처음 이 동네가 생겨나기 시작했을 무렵부터 자리를 지키고 있었을 법한 그런 미용실. 얼마나 오랫동안 이곳에 있었는지 알턱이 없다면 미용실 유리 벽에 붙어 있는 '사넬 미용실' 스티커를 몰래 떼봐야 할 것이다. 선명한 자국은 나무의 나이테와 같을 터이므로. 우리 동네의 부흥을 모두 지켜본 '프린스 호프' 역시 같은 결 안에 있다. 그러고 보니 샤넬은 '샤넬chanel'의 그 샤넬일까? 내 예상이 맞다면 거기서부터 심상치 않다. '뻐-스bus'나 '카바cover', '칼라color'라고 표기된 외래어를 보면서 흑백영화의 궁서체 자막이나 버석한 옛 신문을 떠올리는 건 이제 'native speaker'가 곳곳에 스며든 탓이다.

　　일을 마치고 귀가하는 길이었다. 집으로 올라가기 전 앞에서 담배를 태우는데 저 언덕 끝에서 누군가 터덜터덜 올라오고 있었다. 흘깃 보고 말 것을 뚫어질 듯 바라보게 됐던 건 그 사람이 머리에 파란색 수건을 터번처럼 칭칭 감고 있었기 때문이었다. 머리에 올린 수건이 꽤 커다래서 면봉 아니면 성냥개비처럼 보였다. 너무 오래 쳐다보는 건 예의가 아니어서 시선을 돌리려는데 그 수건 면봉의 주인 공과 눈이 마주쳤다. 아니 세상에, 아는 얼굴, 매일 보는 얼굴, 신연경이었다. 짧은 정적 후 웃음이 터졌고 너 도대체 뭐 하면서 다니는 거냐 물으니 연경은 자기도 웃긴지 머쓱하게 웃으며 답했다.

"나 사넬 미용실에서 파마했어, 히히히. 집에 있다가 두 시간 뒤에 오라서."

솔직히 말하면 조금 놀랐다. 그곳은 미용실이 분명했으나 내가 가는 '그런' 미용실은 아니었기 때문이다. 나는 매번 스쳐 지나가던 그곳에 그가 발을 들였다. 그 장소를 오랫동안 지켜온 원장님과 방앗간처럼 들르던 참새 주민들 틈에서 머리를 말았다. 거기서 보고 들은 이야기를 해주었다. 남편에게 술 작작 처먹으라며 욕지거리를 하던 중년 여성의 이야기를, 다홍색 마이를 차려입은 또 다른 중년 여성의 생생한 모습을, 한 깔롱쟁이 중년의 극적인 등장으로 미용실이 일순 연극 무대가 되었다는 이야기를, 내 딸 하라며 건네받은 청포도 사탕을 입에 볼록하게 물고 파마 롤 굵기에 덜덜 떨었다는 이야기도. 자신이 건넨 음료수를 들고 갈 수 없는 손님에게 선뜻 가방 속 물건을 탈탈 털어 가방까지 내어주는 원장님의 모습에 연경은 이것을 '동네 사랑법'이라고 했다.

오래된 곳에서는 어디에서도 보고 들을 수 없던 많은 이야기가 오고 간다. 그 이야기는 쌓인다. 문득 제6회 여성인권영화제에서 봤던 단편영화 〈미용실 대선 토론〉이 떠올랐다. 튀니지 대통령 선거를 앞둔 어느 날 여성들이 미용실에 모인 이야기다. 튀니지의 그곳도 사넬 미용실처럼 작고 오래된 장소로 등장한다. 치장하는 공간 속 정치. 미용실에서 오가는 정치적 의견은 그 자체만으로도 상징적이다. 그곳에는 중년 여성과 청소년 여성의 삶과 정치가 있었다. 오랜 시간 정치란 정장을 빼입은 '고학력' 기득권 남성의 전유물로 통용되어왔다. 기득권을 쉽게 유지하기 위해 정치를 일상으로부터 분리하려던 시도는 성공적이어서 지금까지도 '정치 혐오'가 만연하다. 정치는 나와 상관없는 일, 국가 안에 속한 일개 국민인 나는 높으신 분들의 머리 터지는 나랏일에 감히 왈가왈부할 수 없는 것이다. 개인의 삶은 국익을 위해 지워지고 국가주의는 그렇게 탄생한다. 하지만 튀니지의 한 미용실을 들여다보면 무언가 잘못됐다는 느낌이 밀려온다. 다양한 연령대의 여성이 들려주는 삶과 지지하는 후보의 공약을 연결 짓다 보면 정치라는 단어야말로 이제까지 참으로 납작하게 쓰여왔다는 생각이 든다. 그러니 자신이 처한 상황을 정치와 연결하는 일은 아무리 막으려 노력해도 필연적으로 일어날 수밖에 없다. '낡은' 미용실에도 누군가가 존재한다는 것. 그 역시 삶을 살아가는 존재라는 사실을 알아차리고 그 삶을 지킬 수 있도록 만드는 일. 나는 그 모든 것을 정치라고 부르기로 했다.

익숙하면 대충 본다. 대충 보며 지나친 곳에는 늘 무언가가 있다. 낯선 시선은 그 사실을 깨닫게 한다. '새로운 것'으로 '낡음'을 꾸며내는 세상에서, 넷플릭스로 진화하지 못한 '둘리 비디오'가 녹슨 간판만으로 멋을 부리고 있는 걸 본다. 정작 나는 왜 그곳에 가지 않는 걸까. 완성된 너의 머리는 내가 본 중에서 가장 멋있었는데도. 나도 모르는 새 많은 걸 대충 보며 살아왔는지도 모르겠다고 생각했다. 여행을 자주 해야겠다고 생각했다. 내가 사는 동네와 세상과 나랑 너.

카메라를 켜고 터번을 두른 연경의 모습을 여러 번 찍었다. 그는 머쓱하게 브이를 하곤 참새들과 나눠 먹을 수박을 손질하러 올라갔다. 여행 중인 그의 뒷모습을 오랫동안 바라볼 수밖에 없었다.

I love …

신연경

배수관이 막혔는지 비가 며칠 내내 온 뒤 우리 빌라의 옥상 바닥이 물에 잠겼다.

옥상은 연초를 태우거나 수현이가 "너 너무 햇빛을 안 본 것 같아."라고 말하면 올라가는 공간이었다. 높은 언덕배기에 지은 빌라여서 그곳에 서면 아랫마을이 훤히 다 보였다. 마음이 산뜻해지길 기대하며 올라가지만 이내 난간 아래를 내려다보며 추락의 고통을 점쳐보는 곳. 그렇지만 어김없이 살아서 집으로 돌아가게 되는 곳이었다.

그날은 문을 열자마자 바닥에 찰랑찰랑한 물이 보였고, 예상하지 못한 풍경에 당황하고 말았다. 까치발을 들고 찰박찰박 건너서 물이 고여 있지 않은 마른 바닥에 쪼그려 앉아보았다. 지름이 20센티 정도 되는 타원형 모양. 옥상 바닥도 땅처럼 울퉁불퉁하구나. 균형이 맞지 않으면 어디에는 물이 고이고, 어디에는 물이 고이지 않지. 동네의 궂은 길마다 고인 물들을 상상하며 산등성이를 따라 개미처럼 등산하는 사람들을 바라보았다. 두 손가락에 끼운 담배가 바람 따라 저절로 타들어가니 작은 섬 위에 조난한 사람이 된 기분이 들었다. 어떨 때는 기분이 전부이니까, 비참한 기분보다 다른 게 먼저 오면 그 순간을 착실하게 잡아채서 누리는 수밖에. 발가락을 꾸역꾸역 옴츠려 두 발을 더 붙이고, 무릎을 당겨서 가슴팍에 꼭 맞추었다. 물에 빠져 죽은 벌레가 둥둥 떠다녀서 난간까지 가는 걸 포기했다.

둘째 날에도 물은 빠지지 않았다. 그날은 핏빛 달이 보이는 개기월식이라고 했다. 사람들이 왜 이렇게 달에 열광하는지 모르겠다고 말했던 사람을 떠올렸다. 그런 말은 상대가 어떤 사람일지 가늠해보는 데 실패했거나, 그럴 생각이 없다는 사실을 품고 있다. 속으로는 상대를 무시하고 있을 가능성도 고려하지 않을 수 없다. 상대가 있는 말은 언제나 조건부다. 달이 밝아 달빛에도 눈이 부실 수 있음을 깨우치는 날에는 종종 옆에 있는 사람에게 지금 달을 좀 보라고 종용했다. 사실 달이 하늘에 나타났다가 이내 사라지는 섭리에는 큰 흥미가 없었는데도 말이다. 그건 그렇게 간절한 일도 아니고, 무엇보다 일어날 만한 일이니까. 천문학과 문학을 다 익힌 사람은 이렇게 말하지 않을 것이다.

내가 흥미를 느끼는 것은 달로 인해 생겨나

는 태도다. 할 말을 찾지 못해서 달을 보라고 하는 사람과 '순간'과 '기분'을 누리려고 달이라도 쳐다보는 사람. 고전적인 로맨틱을 찾으려고 누군가를 불러다 앉혔을 때 그걸 보려고 고개를 뒤로 꺾는 사람과 단 한 번도 쳐다보지 않는 사람. 다만 580년 만에 있는 최장 월식이라는 말은 나에게도 흥미로워서 시간에 맞추어 비장하게 올라갔는데 달이 구름에 정확하게 가려져 있었다. 일기예보를 볼걸. 기대했던 마음이 상처받는다. 나는 연인과 헤어진 이유를 찾아 헤매다가 말라버린 상태였다.

유튜버들은 사랑에 빠지는 이유가 없듯이 헤어짐에도 이유가 없다고 말했다. 그냥 받아들이라고도 했다. 나는 '헤어짐에도 이유가 없습니다.'보다 '사랑에 빠지는 데에는 이유가 없잖습니까?', 그 '없잖습니까?'에서 상처를 받았다. 왜 이렇게 달에 열광하는지 모르겠어, 이유가 없잖습니까. 이 두 마디는 내게 같은 의미였다.

　그러나 나에게 헤어짐은 달이 뜨고 지는 것처럼 '일어날 만한 일'이 아니었다. 일어나지 않으리라 굳게 지닌 믿음에 배반당하는 것, 맡겨놨던 영혼을 누군가 영영 가져가는 것, '이제 그만둘까 보다' 이런 거짓말을 너무 많이 하게 되는 것이었다. 내가 마음이 순결한 편인가? 아니면 한번 맺은 관계는 영원해야 한다는 내 무모한 보수성 탓인가? 그것도 아니라면 내가 특정 연령, 내지는 상태 위에 있어서?

　사람의 숨이 붙지 않은 것에 관심을 두어야 사람에 관한 생각을 잊을 수 있을 것 같은 때에 구름 때문에 달을 잃었다고 생각하니 앞으로 더 잃을 것이 족족이었다. 다시 계단을 터덜터덜 내려와 다른 사람들이 구름 없는 곳에서 찍은 빨간 달을 휴대전화 액정으로 바라보았다. 며칠이 지나고 옥상에 가

보니 슈퍼블러드였던 만월은 그사이 야위었다. 대신 너무도 밝게 빛나서 옥상에 들어찬 물에 비친 모습이 심히 반짝거렸다. 그렁그렁한 눈물에 달이 비친 것 같아 그것을 한껏 바라보았다. 그리고 생각했다. '여기 꽤 괜찮은데……?'

✦

수현은 옥상에 물이 찼다는 소식을 듣고 그 무게에 건물이 무너질 것 같다고 말했다. 그는 평소에도 호들갑을 잘 떨어서 누군가의 공감이 필요할 때 나에게 거대한 안심과 쾌감을 선사하는데, 유독 몸의 안위에 관해서는 슬픈 랩을 하듯 걱정을 길게 늘였다.

입병이 나면 "나…… 암이면 어떡해?"

(검색창을 열어 '설암'을 검색함.)

머리에서 뚝 소리가 나면 "이거…… 뇌출혈이다."

(MRI를 찍음.)

    이런 식이다. 다행히도 뇌출혈이 아닌 축농증이 원인으로 밝혀졌고, 그의 걱정은 언제나 끝에 가선 친구들에게 영양제를 쥐여주는 행위로 빛을 발했다. 나는 샤워하다가 몸에서 공진단만 한 종양을 만져도 사나흘 뒤에 병원을 찾는 사람이었는데, 실제로 건물이 빠지직 하는 소리를 내며 불안을 조장했기에 그의 말에 수긍하기 시작했다. 행동파인 수현은 집주인에게 전화를 걸어 해결해달라고 했지만 집주인은 우리보고 수고스러워도 맨발로 들어가서 배수관을 뚫으라고 말했다. 행동파라도 쉽게 할 수 있는 일은 아니었다. 수현에게는 미처 말하지 못했지만 나는 물 찬 옥상 바닥에 비치는 하늘이 그런대로 좋아서 그걸 그대로 며칠 두고 볼 생각이었다.

물이 찬 지 일주일쯤 지났을 무렵, 도서관에 가려고 마음먹은 날이었다. 오랜만에 외출 의지가 생겨 뿌듯함이 솟아나고 하루가 기대되었다. 그 순간 갑자기 누룩 발효 워크숍에 가는 요리사 친구가 집에 있는 개와 산책해줄 수 없느냐고 물었다. 잠시 생각에 잠겼고 도서관 가기를 포기했다.

　　산책하러 가기 전 시간이 남아 무엇을 할지 고민했다. 물이 찬 옥상이 생각났다. 다 읽기까지 약 다섯 장 남은 책을 들고 옥상에 올라가기로 했다. 옥상에는 누군가 1층에 버려두어 주워 온 테이블 하나와 간이 의자가 두 개 있다. 관리를 잘 하지 않아 녹이 슬었지만 기분을 내기에는 꽤 괜찮았다. 심지어 나는…… 그 옥상을 사랑하게 된 것 같다고까지 느끼기 시작했다. 얕은 바닷가에 가는 기분으로 책을 챙겨 올라가서 문을 활짝 열었다.

문을 열자마자 충격적인 현장이 펼쳐졌다. 물은 어디서도 찾아볼 수 없이 오래전에 망해버린 사막 같은 풍경. 마치 물이 차 있던 옥상이 원형이었던 것처럼 쓸쓸하고 허전했다. 잠시나마 진짜 바다에 간다고 믿었는지 바닷물이 다 증발해버렸다고 생각하기에 이르렀다. 바닥에는 흙 자국과 물을 빼고 간 사람의 것으로 추정되는 족적만 남아 있었다. 이런 이야기는 대부분 코미디이지만 내 상태는 장르를 바꾸기에 충분했다. 흔적은 내게 제일 무서운 것이었으니까.

÷

물 찬 옥상을 바란 적 없고, 물 찬 옥상을 상상해본 적도 없다. 물 찬 옥상을 그리워해본 적은? 더더욱 없다. 물 찬 옥상이 나한테 발견됐을 뿐이고, 물 찬 옥상이 마음에 들었을 뿐인데, 물 찬 옥상이 사라져버리니까 마음이 상했다. 기대는 불청객을 닮아서 예기치 않게 온다. 버석해진 옥상 꼴을 주욱 훑어보니 들떠 있던 마음이 점점 머쓱해지고, 불현듯 내가 뭔가를 기대했다는 마음이 수치스러워졌다. 어쩔 수 없지……. 녹슨 의자에 앉아 주문처럼 몇 번 되뇌었다.

'어쩔 수 없지'는 기대와 짝을 이룬다. 어쩔 수 없어지려면 우선 기대해야 하기 때문이다. 개기월식 날 핏빛 달을 볼 수 있길, 날 좋은 주말에 도서관에 앉아 있길, 마음이 변하지 않길, 영원이 내 것이길. 일부러 불청객을 불러오는 주문이다. 그리고 모든 것에 실패한 뒤 어쩔 수 없다고 말하기. 너무 많이 어쩔 수 없다고 말해서 그 말을 하기 위해 실패하는 것 같았다. 내가 이상한 쇼를 벌이고 있다는 생각이 치밀었다. 물이 다 말라버린 무대에 우두커니 서서 배우와 관객을 한 몸에 욱여넣은 채 속고 속이고 속고……. 이런 쇼를 하지 않고도 기대할 수 있던 때를 조금 쓸쓸하게 떠올렸다. 어쩔 수 없이 사막 위에 서서 소설의 한 대목을 소리 내어 읽었다.

> 'I Love A'는 〈나는 A에 살지 않아〉라는 의미이고 〈나에게는 A가 없다〉는 뜻이며 〈나는 A를 가져본 적이 없으며, 있더라도 그것은 어디까지나 일시적인 무엇이다〉라는 뜻이다. 무언가를 사랑한다는 건 내가 거기 안 산다는 뜻이고, 나아가 살 수 없다는 뜻인데 이것이 사랑의 한 모습이다.[*]

물 찬 옥상은 처음부터 내게 없던 곳. 그곳에 산 적도 없고, 앞으로도 영원히 그곳에 살 수 없을 수 있다. 그러니까 위의 도식을 따르면 나는 정말 옥상을 사랑하게 되었던 걸 수도 있다. 그 버석한 무대 위

[*] 문보영, 『하품의 언덕』, 알마, 2021, 77~78쪽.

에서 책을 덮고 나서 내가 사랑한다고 믿었던 모든 것들에 조금 관대해질 수 있겠다는 희망을 품었다. 사랑의 본령은 그런 곳에 숨어 있을지도 모른다는 기대감, 그런 것이 이내 부풀어 올랐다.

옥상에서 만나는 사람

손수현

옥상이 있는 빌라에 살고 싶었다. 이왕이면 혼자 쓴다면 좋겠고 더 바란다면 작은 탁상을 두고 그 앞 의자에 앉아 바깥을 내다볼 수 있으면 좋겠다고 생각했다. 그래서인지 한창 살 곳을 구하던 이십대 초반, '피터팬의 좋은 방 구하기' 같은 사이트에 '옥탑방'이라는 키워드를 자주 입력했다. 미디어에서 옥탑방은 가난하더라도 빛나는 '청춘' 그 자체처럼 표현됐기 때문에 어떤 환상을 품게 했다. 이를테면 옥탑의 옥상이란 여기저기 매달린 반딧불 같은 조명과 그 몽롱한 조명 사이에서 기울이는 맥주

잔 같은 것. 선선히 불어오는 여름 바람과 소복하게 쌓인 눈을 나만 가질 수 있다는 특권 같은 것. 거기서 피어나는 로맨스와 꾸는 꿈은 근사해 보였고 카메라엔 곰팡이와 입김이 잡히지 않아서 한번쯤 그런 청춘을 그려보게 만들었다. 그런 착각으로 찾아간 옥탑방은 내 생각과 다른 곳이 태반이었다. 구조가 마음에 들어 찾아간 집은 한 걸음을 사이에 두고 온도가 달라 결로가 생겨 있었고 그건 집주인이 컨테이너로 부자연스럽게 방을 넓혔기 때문이라고 했다. 머리를 차갑게 하고 자면 좋다던데, 정말 머리를 저쪽에 두고 몸통을 이쪽에 두면 저절로 건강한 수면이 가능할 정도였다. 이태원의 한 옥탑방은 여자가 혼자 살기에는 위험한 위치였다. 굽이굽이 언덕길을 따라 올라간 만큼이나 야경은 근사했지만, 그만큼 외지고 어두워서 해가 질 때쯤이 되면 꼼짝없이 고립될 것만 같았다. 역시나 그곳엔 남자인 세입자가 살고 있었고, 아마도 마음 편히 계약을 이어받을 사람은 또 남자일 확률이 높을 것이다. 올라간 길을 다시 내리 걸으며 환상을 털어냈다. 어쩌다 옥상은 낭만이 되었을까. 왜 운치로 여겨지게 되었을까. 빌라의 옥상과 펜트하우스는 맨 꼭대기인 점은 똑같지만, 펜트하우스엔 운치라는 어렴풋한 말 대신 정확한 감탄사가 이어진다. 어쩌면 낭만은 냉골과 어둠을 견디기 위해 동원된 단어일지도 모르겠다고 생각했다.

옥상이 있는 빌라에 살고 있다. 그전에 살던 집엔 햇볕 한 줌 들지 않아 이번엔 들이치는 빛만 보고서 계약했을 뿐인데 계약하는 날에 집주인이 자랑스레 옥상을 소개해서 알게 됐다. 옥상에서 배추도 심고 커피도 마시기 좋다며 언제든 자유롭게 드나들어도 된다는 권리를 호의처럼 건네었다. 그는 그 옥상이 꽤나 자랑스러운 듯 보였는데 직접 올라가보니 정말 자랑스러울 만했다. 빌라가 오르막길 중간에

위치한 덕에 탁 트인 하늘은 끝이 없었고 나를 주눅
들게 했던 주택들이 발밑에 펼쳐지는 광경은 꽤 흡
족했다. 밤이 되어 불이 하나둘씩 켜질 때면 한 번도
실제로 본 적 없는 반딧불을 상상하곤 했다. 비록 옥
상으로 올라가는 계단 벽면이 가뭄의 논처럼 갈라져
있더라도 개의치 않을 만큼 옥상이란 그런 것이었
다. 그곳을 언젠가부터 자주 찾았다. '언젠가부터'라
는 건 처음부터는 아니라는 뜻이다. 이사 오고 얼마
간은 옥상이란 공간을 잊은 듯이 굴었다. 옥상을 찾
기 시작한 건 어려움이 도미노처럼 물밀 듯 찾아올
때였다. 기쁨은 한 덩어리인데 힘듦은 작은 덩어리
여럿이 무리를 지어 다니는 것 같다. 무리 지어 다니
던 힘듦이 타깃을 발견하곤 그 주변까지 덩달아 맨
마킹을 하는 것이다. 기쁨은 커다란 한 덩어리여서
그 안에서 감정을 함께 느끼게 하지만, 힘듦은 제각
각이어서 각자 견딜 수밖에 없는 것이다. 힘듦은 그
렇게 온다. 그래서 또 힘들다. 그런 시절이었다. 재도 힘들고 애도 힘든 와중에 나에게도 어떤 힘듦이 부지불식간에 찾아왔다. 나는 그 힘듦과 막막함을 떼어내기 위해 자주 옥상엘 갔다. 그곳에서 숨을 크게 뱉고 다시 들이마시다가 중얼거리기를 반복했다. 그러고 있다 보면 곧 연경이 올라왔다. 이 빌라의 옥상은 문을 열고 모퉁이를 돌아야만 제일 경치가 좋은 자리에 설 수 있는데 그래서인지 연경은 사각지대에 가려져 있던 나를 발견할 때마다 크게 놀라곤 했다. 깜짝 놀란 그를 보며 나도 덩달아 놀랐고, 그럴 때면 우리는 아주 잠시 힘듦을 잊어버리곤 뒤집어지게 웃어댔다. 그렇게 자주 만나 함께 반딧불을 바라보며 담배를 피웠다. 너도 그렇고 나도 그렇고 왜 답답한 마음이 들 때면 옥상을 찾게 되는 걸까? 연경은 불편함으로부터 가장 멀리 떨어지기 위해 자신이 올라갈 수 있는 가장 높은 곳을 찾는데 그곳이 바로 옥상이라고 했다. 그 말을 들으니 나도 별반 다르지 않은 듯했다. 집 안에 둘 데 없는 고민을 여기에 내려놓는 것이다. 고민이라는 것이 손에 잡히는 보따리라면 그렇게 들고 나온 수많은 보따리가 소복하게 쌓여 있을 것만 같았다. 꼭 옥상이 아니더라도 바닷가라든가, 뒷산이라든가, 답답함에 훌쩍 떠나 발길이 닿은 그곳마다 누군가 놓고 간 고민이 보따리째 놓여 있을 것이다. 모든 것은 어떻게든 존재한다. 보이지 않던 소원이 돌에 새겨져 영원히 남는다는 것을 산속 깊은 절에 쌓여 있는 끝없는 돌무더기를 보며 알게 됐다. 소원은 돌에 담고, 고민은 담배꽁초에 태워 날리기. 우리는 옥상에서 어떻게든 존재하며 아니, 존재하기 위해 그 짓을 하고 있었다.

지하 102호에 사는 소희는 단편영화를 촬영 중이라고 했다. 원래 전공은 경제학인데 연기를 하고 싶어서 다니던 학교를 자퇴하고 무작정 서울에 올라왔다. 그만두는 과정은 순탄치 않았는데 원인 중 하나가 남자친구의 존재였다. '엄마 아빠만 설득

하면 되겠지'라는 생각이 안일했다 싶을 정도로 엄청난 반대에 부딪혔다며 웃어 보였다. 둘은 소희가 대학교 1학년이던 때 만났다. 제대하고 막 복학한 남자친구는 같은 학교 경영학과였는데, 같은 동아리였다거나 같은 수업을 들은 건 아니었고 구내식당에서 처음 마주쳤다. 첫 만남은 로맨틱하다고 할법한 우연이었지만 사귀게 된 계기는 뻔한 이야기였다. 복학생이 신입생에게 첫눈에 반해 꼬인 관계. 어쨌든 둘은 그렇게 2년을 사귀었고 자주 다퉜지만 헤어지지는 않았다. 이야기의 새로운 페이지는 남자친구가 졸업반이 되고 소희가 자퇴하면서 시작됐다. 남자친구는 화를 내며 말했다. 네가 오빠만의 것이었으면 좋겠어. 네가 많은 사람들에게 보여지는 게 싫어. 네가 치마를 입고 같이 길을 걸을 때 남자들이 쳐다보면 으쓱하고 좋다가도 싫어. 모순인 거 알지만 싫어. 그런데 네가 텔레비전에 나온다고? 그럼 오빠는…… (울먹인다) 진짜 미쳐버릴지도 몰

라. 남자들이 여자 연예인들 어떤 취급 하는지 알잖
아. (갑자기 화를 내며) 씨발! 너 연예인 아무나 하는
줄 알아? 그런 식으로 소희를 몰아붙이면 될 줄 알
았을까? 그가 간과한 것이 있었다. 소희는 순진하고
착했지만, 사회구조 안에서 내면화된 결과였을 뿐
이었다. 스스로는 통계를 따라 안전한 결정을 한다
고 생각했지만 돌이켜보면 결정적인 순간에는 언제
나 강인하고 확고한 결정을 내렸다. 본인이 인지하
고 있는지 아닌지와는 관계없었다. 학교를 그만두
고 서울로 가는 결정도 그러했다. 결국 남자친구는
말했다. 대신 연락은 꼬박꼬박 받아야 해……. 그리
고 강조했다. 촬영 중이어도. 그렇게 올라온 서울에
서 소희는 촬영 중이었고, 촬영을 끝내고 집에 오다
옥상에서 소란스러운 소리가 나길래 빼꼼 올려다보
니 명숙이 투덜거리며 내려오고 있었다. 지하와 옥
상은 너무 멀어서, 그때 처음 옥상이 있다는 걸 인지
했다며 웃었다. 소희가 마주친 명숙은 딸을 시집보

내고 101호에 혼자 사는 중년 여성이었다. 건강 프로그램을 보면서 식품 효능에 대해 배우는 걸 좋아하고, 그 정보를 친구와 딸에게 알려주는 것이 취미라며 땅콩 새싹 효능을 열정적으로 설명했다. 그날도 갱년기에 열을 내려주는 효능이 탁월하다는 회화나무 정보를 알려주려 친구에게 전화를 건 참이었다. 사실 그것은 핑계였고, 매일이 심심할 따름이었다. 이미 배제되는 데 익숙한 중년 여성은 딸을 시집보내고 나면 마치 은퇴라도 한 듯 딱히 할 일이 없는 법이니까. 어쩌다가 옥상에 올라왔느냐고 묻자, 친구와 통화를 하는데 천장에서 무언가 부서지는 소리가 들려왔다고 했다. 화들짝 놀란 명숙은 전화를 끊고선 옥상으로 발걸음을 옮겼던 것이다. 옥상이 있는 줄은 알았어도 딱히 올라가볼 생각은 하지 않았던 명숙은 처음 마주한 경치에 잠시 넋을 놓았다가 이내 통신 기기를 설치하고 있는 기사들을 발견했다. 옥상이 무너지는 듯한 소리는 동네 통신망을 연결하는 와이파이 기계를 설치하다가 기자재가 와르르 쏟아지며 난 소리였다. 집주인은 그렇게 옥상을 대여하곤 대여비를 챙긴다고 했다. 명숙은 각종 통신사의 기계가 동네를 대표하여 이 빌라 옥상에 모조리 모여 있는 걸 보면서 옥상이 이 무게를 얼마 동안 견딜 수 있을지 불안에 몸서리쳤다. 그러곤 공사는 언제쯤 끝나는지 물으며 슬쩍 경치로 눈을 돌리려는데 위험하니 내려가서 기다리라는 설치 기사들의 성화에 마지못해 집으로 돌아갔다. 소희는 그때 명숙을 본 것이었다. 투덜거리며 집으로 돌아온 명숙은 무릎을 손으로 디디며 거실 한가운데 자리를 잡고 앉아 구멍 난 베개를 기우기 시작했다. 공사 소음과 함께 고봉밥과 김치를 꺼내 먹고 집안일을 하다가, 액자 프레임을 꺼내어 수를 놓다가, 안방에 들어가서 잠을 청하려는데 적적하여 잠도 오지 않던 도중…… 문득 옥상 생각이 났다고 했다. 주섬주섬 일어난 명숙은 얇은 외투를 걸치곤 다시 옥상을 찾았다. 이참에 경치를 제대로 보고 싶었다. 내가 왜 이런 곳을 몰랐나 몰라. 오래간만에 가벼운 발을 디디며 문을 열고 올라간 옥상에서 명숙은 이미 올라와 있던 사람을 맞닥뜨렸다. 202호에 사는 연아였다. 연아는 명숙을 보곤 연경과 나처럼 소스라치게 놀랐다고 했다. 사각지대에 있다가 발견되어서가 아니라 손에 담배를 들고 있던 탓이다. 연아가 떳떳하지 못했던 이유는 본인이 고등학생이라는 점에 있었다. 연아는 소심했다. '이건 4번이 맞아. 아니야, 2번이야.' 같은 반 친구들이 서로 답안지를 채점하며 연아의 책상 끄트머리에 엉덩이를 대고 앉아 토론을 벌일 때도 친구가 조금 깔고 앉은 시험지를 조심스레 빼내기 위해 고군분투할 뿐, 잠깐 비켜달라고 말하기 어려울 정도였다. 그러다 살짝 찢어지고 만 시험지를 보며 울상 짓기. 그렇게 투덕이는 친구들 사이에서 애매하게 비켜나 있는 것이 일상이었다. 그때 생리대가 들어갈 법한 파우치를 들고서

선이가 등장했다. '6번 문제, 4번 맞아.'라면서. 선이
는 밝고 쾌활하다. 공부도 잘하고 성격도 시원시원
해서 모두가 좋아하는 이 반의 반장이다. 연아는 그
런 선이를 좋아한다고 했다. 자신이 가질 수 없는 걸
다 가진 사람이어서? 그러니까 질투와 한 끗 차이인
선망의 대상이어서? 글쎄. 연아는 자신의 마음이 뭔
지 아직은 잘 모르는 듯 보였다. 여학생 시절의 '좋
아함'은 교환 일기나 팔짱 등과 함께 손쉽게 우정으
로 치부되곤 하니까. 모를 법도 했다. 어쨌든 연아
는 선이를 좋아했고 자꾸만 눈이 갔지만 시선을 거
두려고 노력하며 찢어진 시험지만 만지작거리는데,
곧 수업을 알리는 종이 쳤다. 선이는 연아를 스쳐 지
나가며 작은 바람을 일으켰고, 그 바람에 연아는 생
각했다. 선이에게서 담배 냄새가 난다고. 그래서 너
도 피우겠다는 거니? 그건 아니고요……. 그냥 답
답해서 올라왔는데 (손가락으로 통신기계를 가리키며)
여기 밑에 담배가 떨어져 있어서 궁금했어요. 담배

가 우연히 떨어져 있었다니 말이 되니? 학교 끝나고 집에 오는 길에 지하에 사는 언니가 위에서 내려오길래 뭐지 싶어서 올라와본 건데…… 그 언니가 두고 간 담배 아닐까요? 그리고 저 아직 안 피웠어요. 근데 이거 불이 왜 안 붙죠……? 사실 명숙도 젊었을 적에 담배를 태웠다. 학창 시절에 안 태워본 것도 아니다. 그때는 여자가 담배를 태운다는 건 눈총 받는 일이었지만, 미술학도였던 명숙은 담배를 태우고 술을 먹는 일탈이 예술의 일종 같았다. 그건 남자들의 어떤 문화를 보며 닿을 수 없는 것을 선망하는 감정과 닿아 있었다. 그러다 남편을 만나고 나서부터 담배를 끊었다. 몰래 밖에서 태우고 들어올 때도 있었지만 딸 지연을 가지고 난 뒤로는 아예 입에 대지도 않았다. 그 세월이 어언 30년이 다 되었다고 회상했다. 그러니 눈앞에 담배를 든 연아가 아예 이해가 안 되는 바도 아니었지만 어찌 되었든 고등학생에게 담배를 권할 수도 없는 노릇이니 난감한 차였다. 옥상 문이 끼익 열리더니 소희가 중얼거리며 등장했다. 여기 두고 갔… 어…? 안녕, 하세요옹……? 어미를 이상하게 늘어트리며 상황을 파악하기 위해 눈알을 또르르 굴리던 소희는 명숙 손에 들려 있는 자신의 담배를 발견하곤 머쓱하게 웃었다. 제 담배가 여기 있네요. 담배를 건네받은 소희는 꾸벅 인사를 하고선 연아에게서 멀찌감치 떨어져 담배를 물었다. 능숙하게 라이터를 엄지손가락으로 돌려 켜곤 입술을 오므리며 숨을 쑥 들이마시니 담배에 불이 붙었다. 크게 한 모금을 들이마시고 뱉으니 칠흑같이 어두운 밤하늘에 그의 숨이 길게 늘어졌다. 그러곤 이내 흩어졌다.

아무도 찾지 않던 옥상에 햇반 그릇으로 만든 재떨이가 생겼다. 어느새 각종 통신사의 기기가 가득 들어찼고 그것들은 아주 첨단으로 보여서 낡은 빌라에 최신 우주선이 내려앉은 모양새가 되었다. 그 우주선의 안테나를 바라보며 연아는 선이와 닿는 순간을 상상했고, 명숙은 우주 너머 무언가와의 교신을 상상하면서 적적함을 덜어냈으며 소희는 우주선 밑에 앉아 대본을 읽고 헤어짐을 말했다. 그들의 손에는 담배가 들려 있었다. 명숙은 연아에게 사탕을 권했지만, 어느새 연아는 용기 내어 선이에게 옥상을 선물한 채였다. 선이의 흡연은 누구에게도 비밀인 상태였는데, 담배를 피우고 나오다 골목에서 우연히 연아를 마주치며 비밀을 공유하게 되었다. 자세히 말해주지는 않았지만 선이는 집으로 돌아가는 게 끔찍하게 싫다고 했다. 그래서 연아는 옥상을 선물했다. 둘은 세상을 발밑에 두고서 담배를 태우며 말했다. 담배랑 섹스랑 똑같지 않아? 우리는 하면 안 된다는데 어느새 저절로 알게 되는 게. 선이는 아무렇지 않게 '섹스'라는 말을 입에 올리는 연아를 보며 그런 말을 진짜로 하는 사람은 처음 본다고 했다. 그런 말이 뭔데? 선이는 작게 말했다. …섹…

스! 연아와 선이가 서로를 바라보며 깔깔댔다. 근데 여기 정말 좋다. 답답하면 여기로 와. 그래도 되나? 당연하지. 꼭 그럴 때만 오는 곳은 아닌데, 그럴 때는 꼭 오게 되더라. 저건 그 흔적이야. 연아가 손끝으로 가리킨 곳에는 꽁초가 수북하게 쌓인 재떨이가 놓여 있었다. 선이는 그걸 가만히 바라보다가 세상에 모든 옥상을 모아보면, 누군가 한 명씩은 꼭 죽을 마음으로 서 있을 것 같아서 무섭다고 했다. 연아는 그렇게 말하는 선이의 옆모습을 바라보다가 다시 풍경으로 눈을 돌렸지만, 계속해서 선이에게 말하고 싶었다. 언제든 옥상에서 만나자고. 여기다가 몽땅 내려놓고, 손을 꼭 잡고 내려가자고.

담배 연기가 하늘에 흩어지고, 나는 풍경을 보던 시선을 돌려 연경을 바라보다 물었다.

연경아. 우리 바다 보러 갈래?

믿게 될 운명

신연경

내 생각에 운명은 존재한다. 아주 오래도록
믿어왔다. 상습적으로 세우는 이 가설이 성가신 이
유는 아무래도 운명이 '선택'으로 위장하고 있는 것
같다는 의심 때문이다. 운명은 모든 것을 자신이 선
택해버렸다고 착각하는 인간이 괴로운 결과 앞에서
자해하는 꼴을 보면서 끌끌 비웃고 있을 것만 같다.
이 가설을 틀림없이 참일 거라고 생각하는 와중에도
다른 이들 앞에서 '운명없음설'을 전파했던 까닭은
사실 내가 운명을 너무도 가슴 깊이 품고 있어서였
다. 무언가를 너무도 해내고 싶으면 오히려 할 수 없

을 것만 같다고 말하는 것처럼.

　　요즘 나는 아무것도 기다리지 않는다고 말하고 다닌다.

　　흐린 토요일, 빌라 옥상에서 수현을 만났다. 난간 아래 빽빽한 집들을 바라보다가 넋이 나간 내 얼굴이 안쓰러웠는지 수현은 나에게 인천에 바다를 보러 가자고 했다. 곁에 있는 사람의 상태를 잘 알아차리고 그에 맞는 처방을 내려주는 건 수현의 특질이다. 각자의 현관문으로 들어가서 바다로 갈 채비를 하며 수건으로 머리를 탈탈 말리고 있는데 수현에게 문자 한 통이 왔다.

　　우리…… 신점 보러 갈래?

✧

중학생 때 만난 시라는 급식으로 나오는 순대볶음을 먹지 않아 다른 친구들에게 한 점씩 나누어 주고, 배 터지게 먹어도 만 원이 채 안되는 뷔페에서 고기의 핏기를 물에 헹구어서 굽는 친구였다. 친구들은 뒤에서 개 사이비래, 수군대면서도 시라가 준 순대볶음을 줄곧 얻어먹었다는 사실 때문인지 쉽사리 핀잔을 주진 못했다. 시라는 엄마가 병원에서 심장병으로 죽을 날을 선고받았는데 신을 믿고 새 삶을 살게 됐다고 일장 연설했다. 애들이 수군대는 줄 알아도 그럴수록 그 애의 고개는 더 빳빳해졌다. 핍박은 믿음을 타오르게 하는 장작이니까.

시라 집에 놀러 갔을 때 천장과 맞닿은 벽 가장 높은 곳에 있는 액자 속에서 임재, 재림 같은 말을 처음 보았다. 집 안에 찬송가가 흐르거나 십자가가 걸려 있지는 않았지만 은은히 느껴지는 종교의 공기에 오줌이 마려웠다. 시라의 엄마는 종교가 없다는 내게 티셔츠의 늘어난 목 부분을 가슴께로 확 젖혀 심장 수술 자국을 보여주었다. 그리고 간증하듯 말했다. 이 병은 의사가 아니라 신이 고쳤다고, 이렇게 삐뚠 수술 자국도 언젠가 신이 뽀얗게 만들어주실 거라고. 자신이 그걸 원하고, 이렇게 믿고 있으니 들어주실 거라고 했다. 바라는 걸 들어줘서 믿는 건지, 믿으니까 바람을 들어주는 건지 순서가 헷갈린다……. 아무튼 믿는다는 건 기브 앤드 테이크구나. 믿는다는 건 바라게 되는 거구나……. 그런 생각이 들었지만 입 밖으로 나오지 않도록 자분자분 밟아 말아 넣었다. 그러나 믿음에 대한 나름의 이론을 갖춘 상태에서도 나는 여전히 분열했다. 이런 질문이 내게 남았기 때문이다. 믿는 건 대체 어떻게 하는 거지? 시라가 '믿음'을 행하는 모습을 살펴보았다. 어떤 말을 중얼거리기, 하고 싶은 것을 참기, 누군가의 말을 이해하기…….

누군가의 말을 이해하기.

시라는 엄마가 환생한 이후로 집 앞 도서관에 가서 매일 경전을 따라 썼다. 나는 다른 친구들이 모두 떠날 때까지 그 애 옆에서 문제집을 풀며 힐끔거렸다. 누군가의 말을 이해하려고 이토록 애쓰고 있는 시라에게 오늘은 꼭 한번 물어봐야지. 믿음이 내 뒷배가 되어주는 느낌이 간절했기 때문에 그들처럼 그걸 가질 수 있는 방편을 알아내고 싶었다. 운명이 있다는 가설을 거스를 수 있는 건 믿음뿐이라고 생각했다. 시라의 엄마는 운명을 거스르고 살아났으니까. 우리는 도서관이 닫는 시간까지 각자 경전과 문제집을 들여다보다가 깃발이 나부끼는 화성행궁 성곽을 함께 걸어 내려왔다. 그간 주머니에 꾹꾹 욱여넣었던 물음표를 슬그머니 꺼내 들기 직전, 내가 가진 물음표는 걔가 가진 날선 기도보다 너무 둥글어서 겁이 났다. 믿음을 건드린다는 것이 어떤 의미인지 대략이나마 예감했기에 나쁜 의도가 없다는 순수

성을 증명해야 했다. 눈을 동그랗게 뜨고 최대한 이 방면의 문외한처럼 물었다.

"있잖아. 신은 눈에 안 보이잖아. 그런데 어떻게 있다고 믿는 거야?"

시라는 나를 똑바로 바라봤다.

"보이지 않는 걸 믿는 게 믿음이야."

나는 아무 말도 할 수 없었고, 침묵 속에서 시라를 이해하기 시작했다. 시라의 '믿음'은 무언가의 부재 속에서 홀로 행하는 것이었다.

＋

헤어진 연인은 나랑 만나기 전에 용하다는 점집에서 점을 봤는데, 멀리 사는 사람과 인연이 생겨서 그 사람과는 약속을 잡고 만나야 한다는 소리를 들었다고 했다. 우리는 멀리 살았다. 시간을 약속하고, 그 시간에 맞추어 만났다. 어떡해, 그게 나인가 봐. 우린 운명인가 봐. 사람은 믿고 싶은 것 앞에서 한없이 약해지고, 그래서 약해질수록 더욱 믿는다. 그러니까 나는 전자와 후자가 씨실과 날실처럼 촘촘히 엮인 믿음의 뜨개 속에 갇혀 있었다. 한 사람을 기다리다가, 헤아리다가, 두려워하다가 약해지고, 약해진 몸으로 절실히 믿었다. 운명으로 엮인 우리에 관해 골몰하다 보니 어쩌면 헤어짐 역시 운명적으로 닥칠지 모른다는 서늘한 예감이 엄습했다. 그가 나를 떠나 훌쩍 자신의 방으로 떠나버릴 때, 내 믿음의 원형을 빚은 시라를 떠올렸다. 보이지 않는 걸 믿는 게 믿음이야. 이제는 그 애, 그리고 나에게 이렇게 말해주고 싶었다.

내가 더 믿고 싶은 건 보이지 않는 게 아니야.

체한 내 손을 온종일 주무르고, 어떻게 하면 몸을 더 꼭 맞게 가까이 끌어안을 수 있는지 이렇게 저렇게 자세를 바꿔보고, 멀리서 나를 발견하면 뛰기 시작하고, 통화를 먼저 끊지 못하는 거야. 그건 또렷하게 보이는 거야. 내가 믿음에 관하여 스스로 가지게 된 첫 번째 인상이었다. 그리고 나는 그 믿음을 담보로 그가 떠나지 않을 것을 바랐다. 믿는다는 건 바라게 되는 거니까.

그러나 우리는 헤어졌고, 나는 자책했다. 내가 그토록 나 자신이 아니었다면 우리는 전부 괜찮았을 거라고.

그 불편한 가정으로부터 멀어져서 내가 갈 수 있는 한 가장 높은 곳인 옥상으로 거의 매일 도망쳤다. 그곳에서 수현을 만나 바다에 갈 뻔하다가 신점을 보러 가자는 제안을 받게 된 것이다. 아무렴 이럴 때 필요한 건 바다보다 한낱 인간의 처지라는 게 애초부터 정해져 있다고 말해줄 신이다. 그리고 꼭 이렇게도 말해주길 바랐다. 내가 믿으려고 했던 것은 사실 아무것도 아니라고. 배반의 필수 성립 조건이

야말로 믿음이라고. 신이 그렇게 말한다면 감당할
수 있을 것 같았다. 수현은 그걸 알아차리고 나를 데
려갈 적절한 장소를 결국 찾아낸 것이다! 그렇지만
나의 전 연인이 만난 용하다던 무당은 헤어짐의 운
명까진 내다보지 못했다. 그렇게 미래사의 진실로부
터 미끄러져 허방을 딛는 무속인을 마주치면 나는
갑자기 얼굴을 싹 바꾸고 크게 소리친다. "나는 그런
거 안 믿어!" 기력이 짱짱하고, 한 치도 틀리지 않는
용한 무속인을 간절히 기다리면서.

✢

　　우리는 집에서 그리 멀지 않은 동네 점집 앞
에 도착했다. 수현에게 어떤 기준으로 여길 찾았느
냐고 하니 그냥 가까워서 왔다고 샐샐 웃었다. 겉으
로는 아무렇지 않은 척했지만, 골이 떨리고 초조했
다. 이런 곳에 오는 이유가 연애의 실패라니. 그래도

혹시나 나 같은 사람 한 명쯤은 있지 않을까 하는 마음에 인터넷으로 리뷰를 찾아보았다. 이곳의 평점은 5점 만점에 평균 4.75점이었다.

살아보고 싶은 마음에 지푸라기라도 잡는 심정으로 찾아갔는데 이제야 콧구멍으로 숨 쉬는 느낌이 듭니다. 보살님 말씀 명심하겠읍니다.

콧구멍으로 숨을 쉬고, 명심을 다짐하고 싶다. 그의 끝내주는 전문성에 기대고 싶다. 믿음과 안심 그리고 통찰이 이곳의 주력상품으로 보였다. 거의 모두가 추천의 논거로 마음이 놓였다는 이유를 들었다는 점이 아주 탄탄하게 느껴졌다. 게다가 온갖 관계에서 이별한 사람들이 다들 각자 아이디 옆에 별 다섯 개씩을 달고 있다는 점도 날 안도하게 했다. 그길로 대문을 열고 들어가니 열린 창문 사이로 소파에 누워 휴대전화를 만지고 있는 사람이 보였다. 그렇게 너무도 인간인 존재가 그 안에 있었다…… 그쪽도 밥 먹고 치우지 않은 밥상 앞에 누워서 휴대전화를 들여다보는 인간이군요. 하지만 인간의 몸을 빌린 신은 과연 내게 어떤 이야기를 들려줄지 궁금했다. 틈 사이로 얼굴을 빼꼼 내미니 대뜸 반말로 들어오라고 했다. 신과 인간의 위계는 여기서부터 시작되는가? 문턱을 넘는 발이 무겁게 느껴져 느리게 넘었다. 한번 해보는 거야. 모든 걸 털어놓고 산뜻하게 이 문턱을 다시 넘는 거야.

  신당 한쪽 벽에는 마치 미술관처럼 신으로 추정되는 존재들의 그림이 연이어 걸려 있고, 그 앞 놋그릇에는 신들이 좋아하는 음식이나 물건이 놓여 있었다. 장난감과 초코파이, 엽전, 배나 키위 같은 과일들. 수현과 나는 둘 다 손바닥으로 허벅지를 문지르며 어색한 공기를 견딜 수밖에 없었다. 점쟁이 선생님은 나를 뚫어지게 쳐다보더니 말했다. "너는 뭐가 좀 보이니까 너부터 해."

죄지은 사람처럼 기어들어가는 목소리로 생년월일을 밝히고 물었다. 제가 다음에는 무슨 일을 하게 될까요. 언제쯤 돈을 벌 수 있을까요. 이번 해에 몸이 많이 아팠어요. 저는…… 저는 괜찮은가요? 목적지로 가기 전에 내 삶을 이루고 있는 찌꺼기들을 하나씩 부려놓았다. 최대한 빙 둘렀다.

"너는 고집이 좀 있어." "팥 심은 데 콩 나면 너는 이해가 안 되는 사람이야." 이 두 말에 조금 일리가 있어 잠시 혹했다. 그다음에는 "심장 조심해. 오십대에 몸조심해." 거기까지 지루했다가 "이번 상반기에 끝났어야 해. 미련 버려. 마음 아프게 생각하지 마." 끝났어야 해? 정말 저 신이 나에게 운명을 말해주고 있잖아! 갑자기 정신에 중량이 확 느껴지고 자세를 고쳐 앉게 됐다.

물이랑 불이라고 했다. 물과 불이 만나서 물

이 불을 껐다고. 우리가 헤어지지 않았다면 몸이 아프거나 사고가 났을 거라고 덧붙였다. 물이 불을 끈다는 화학적 사실에 기반한 비유보다 더 터무니없는 것은 그 말에 안도하고 있는 나였다. 제 탓이 아니었던 게 맞죠, 이렇게 될 운명이었던 거죠? 비로소 콧구멍으로 숨이 쉬어지며 그것이 더욱 진실처럼 느껴졌다. 리뷰는 사실이었다. 그때 선생님이 나에게 말했다. "굿하면 붙을 수 있어. 3천."

믿음값 3천. 한 번 더 시라를 떠올렸다. 보이지 않는 걸 믿는 게 믿음이야. 아니라고 생각했지만 어쩌면 나는 시라 모녀의 믿음법을 알게 된 후로 줄곧 믿음으로 운명을 거스를 수 있다고 생각해왔는지도 모른다. 그러니까, 어떤 서늘한 예감이 찾아와도 믿는다는 기분 하나만으로 한 사람과 내가 영원에 도달하리라 생각했다는 것이다. 믿음은 기브 하면 테이크 할 수 있는 거니까. 아주 잠시간은 내게 3천만 원이 없다는 사실이 원망스러웠다. 그러나 3천만 원은 너무 눈에 보이는 것이고 나는 3천만 원을 낼 수 없는 운명을 타고났다. 빈곤에 영원을 되찾지 못할 운명, 그리하여 슬퍼할 운명, 운명을 떨칠 수 없는 운명……. 이런 말장난 같은 운명을 너무 많이 생각했다. 운명은 존재합니다. 운명은 선택으로 위장하고 있습니다. 그러니 당신이 어떤 선택을 했든 자신을 탓하지 않아도 됩니다. 당신은 이것을 믿게 될 운명입니다.

이 가설은 아직 진행형이고, 가설의 다른 말은 믿음일 수도 있다. 나는 그제야 처음부터 지금까지 보이지 않는 이 운명을 믿고 있었음을 깨달았다. 점집의 문턱을 산뜻하기는커녕 도망치듯 넘어 나오며 말했다. 운명 같은 건 없다고, 내가 가슴에 품고 있는 것을 들킬 가능성에 대비해서.

줍기 놀이

손수현

나의 룸메이트 승은은 알뜰하다. 밥을 먹다가 국물이나 밥풀을 흘렸을 때 휴지 한 장만 달라 하면 정말 휴지 한 칸만을 떼어서 준다. 비염이 심한 날에는 콧물을 훔치고 남은 물티슈로 저 높은 블라인드의 먼지를 닦아낸다. 덕분에 우리 집의 모든 건 수명이 길다. 요리를 하고 남은 재료도 허투루 버리는 법이 없다. 손가락 한 마디도 남지 않은 파를 작은 통에 보관했다가 라면 먹을 때 넣기도 하고 조금 남은 미나리 줄기를 파스타와 볶으며 자랑한다. 이것 봐. 버릴 뻔한 걸 주워 올리는 건 왜인지 극적이어서 나는 신기한 눈을 하고 승은이 살려낸 부위를 본다. 오, 네가 살려냈어. 살려냈어……? 내가 미나리 줄기를 죽일 뻔한 건가. 생각해보면 내 손에 들어온 건 대개 단명했다. 콩가스랑 먹으려고 산 양배추는 절반만 쓰인 채 냉장고에 처박혔고 비상식량급인 감자는 잘 보관하지 못해 싹이 났다. 제때 관리하지 못해 곰팡이가 핀 가습기를 백 번쯤 교체해놓고 백한 번째 가습기에게 오래 살자고 속삭였다. 나는 쓰다가 남은 걸, 혹은 아직 한 번도 쓴 적 없던 걸 죽이듯 버려왔다. 그리고 누군가는 구출한다.

알뜰한 승은은 어느 날부터 어글리어스에서 채소를 주문하기 시작했다. '어글리'라는 단어에서 유추할 수 있듯 흠집이 났거나 못생긴 채소를 살려내 판매하는 곳이다. '못난이 채소'라는 이름을 달고서 '못생겨도 괜찮아'라는 글자가 대문짝만 하게 적힌 박스가 집 앞에 도착할 때면 조금 웃음도 난다. 못

생겨도 괜찮다는 말은 결국 못생겼다는 말이지만, 그래도 괜찮다고 하니 요즘 그렇게 말해주는 데가 세상 어디에 있느냐 싶어서 웃을 수밖에 없다. '정상'이라는 기준에 맞추다 보면 상대적으로 작거나 찌그러진, 조금 길거나 짧은 것은 흠이 되는 법이다. 충분히 가치 있음에도 그런 연유로 자격을 박탈당한 채소의 명단이 각자의 사연을 달고서 집에 도착한다.

유난히 궂었던 겨울 날씨를 견뎌내고 잘 자랐지만, 판로가 없어 폐기될 위험에 처한 제주 월동 무를 소개합니다. 건강하게 자라면서 생긴 영광의 상처가 있어요. 파종부터 수확까지 많은 손과 노력이 들어간 월동 무를 기특하게 여겨주세요.

어김없이 동네 카페에 앉아 글을 쓰고 있던 날이었다. 연경에게 언니 뭐 하느냐며 연락이 왔다. (연경은 언제나 말 맨 앞에 '언니'를 붙인다. 예: 언니, 집이야? 언니, 뭐 해?) 나 카페에서 글 써, 하니 자신도 마침 글을 써야 한다며 또 다른 친구와 함께 들르겠다고 했다. 친구의 이름은 우정이다. 우정은 노래를 만드는 사람인데 곧 싱글 세 곡을 낼 참이었고 그 앨범 커버를 직접 그린다고 했다. 이렇게 셋이서 종종 카페에 갔다. 그럴 때마다 나와 연경은 보통 글을 쓰고 우정은 아이패드에 그림을 그렸다. 그러고 보니 처음 셋이서 카페에 갔을 때도 그랬다. 그 전날에 술을 마구 퍼마시며 왜인지 다음 날에도 만나자는 약속을 했다. 내일 카페 갈래? 좋아. 그러곤 숙취의 카페 행. 술이 아직 덜 깬 채로 나는 별명에 대한 글을 썼고 우정은 고라니 아니면 라마를 그렸던 것 같다. 별로 안 친했을 때 우정은 들판이나 도형 같은 걸 자주 그리곤 했는데 이제는 가끔 나를 그려준다. 그날은 자다가 코를 긁어서 상처가 났던 날이었고 우정이 그려준 코에 밴드를 붙인 나는 실제보다 귀여워 보였다. 기계는 줄 수 없는 다정함을 친구는 주고, 상처를 귀여움으로 기억하게 해주는 건 친구뿐일 거야. 연경은 감동을 만끽 중인 내 옆에서 아랑곳없이 부지런하게 사부작거렸다. 책을 펼쳤다가 토도독토도독 타자를 치다가 다시 책을 펼치며 고뇌하다가 속이 타는지 레모네이드를 시켰다. 이곳에서 레모네이드를 처음 주문했을 때가 떠올랐다. 단맛이 나는 레모네이드를 별로 안 좋아해서 고민이 됐다. 레모네이드…… 많이 단가요? 음, 별로 안 달아요. 시럽이 들어가나요? 아주 조금? 시럽 빼주실 수 있나요? 되는데 그럼 너무 실 거예요. 그럼 그냥 원래 레시피로 한 잔 주세요. 그러자 생레몬을 꾸욱 짜서 탄산수와 섞어 건네주시는데……. 그날 이후로 나는 레모네이드만 마시고 있다. 여기는 레몬 액을 안 쓰시나 봐. 제주에서 공수한 레몬만 쓴대. 그러고 보니 어글리어스에서 구출한 제주산 청레몬을 나도 만난 적이 있다. "모양도 제각각 다르고, 울퉁불퉁하고, 제힘으로 병해충을 이겨내는 과정에서 생긴 검은 점과 상처가 있어요." 그럼에도 제주의 그 레몬은 씨앗처럼 응축된 비타민이 때를 기다리다가 입에 들어와서야 비로소 터지는 그런 맛이다. 몇 번을 먹어도 처음 그때와 언제나 같다. 사장님은 몸이 안 좋을 때 이걸 단숨에 들이켠다고 했고 나도 그걸 몇 번 따라 하며 몸살을 면할 수 있었다. 세 잔의 레모네이드를 마시며 레몬의 효능을 음미하다 우정과 연경이 주섬주섬 짐을 챙겼다. 뉘엿뉘엿 해가 지는 시간은 한참 지나 깜깜한 밤이 된 지 오래였다. 밥이라도 먹고 가라는 말에 작게 고개를 저으며 그냥 집으로 가겠다는 애들을 서운하게 바라보니 우정이 문득 홀 토마토 캔을 건넸다. 승은이가 토마토 좋아해서 저렴하게 샀어. 캔이 조금 찌그러졌거든. 우리는 허탈하게 웃으며 말했다. 왜 이렇게 다 쉽게 쓸모없어지는 거야?

　　쉽게 버려지는 것을 주워 올리는 사람들이 있

다. 알뜰한 승은은 주섬주섬 주운 날들을 종종 노래로 부르곤 했다. 우리는 모여 앉아 승은이 기타 치며 노래를 불러주는 순간을 누리고, 그 순간을 좋아한다. 그러거나 말거나 승은은 언젠가부터 자신이 주운 한순간을 기록하여 노래를 만드는 방식에 회의감을 느끼는 모양이었다. 지겹지 않을까? 지겨울 리가. 후진 것 같아. 그럴 리가. 찌그러진 밑동을 가졌으니 마땅히 버려져야 한다는 법칙에 공감하지 않음에도, 최악의 상황에서 나를 제일 먼저 가져다 버리는 관성은 쉬이 사라지지 않는 법이다.

서른 중반쯤을 조금 기대했었다. 스물에 본 서른 그쯤은 너무 어른이어서 그때가 되면 저절로 어른(이 뭔지 모르겠지만)이 될 줄 알았던 것 같다. 어른은 많은 걸 가지고 모든 걸 아는 사람 같았기 때문에 지금보다는 나으리라는 막연한 기대를 품었다. 그러나 나는 어쩌다 보니 '정상'이라 불리는 수많은 자격들에서 한참은 멀어진 채로 산다. 지금을 후회하지 않기 위해 무얼 해야 했었는지 자문하며 쓸데없이 힘을 뺀다. 품질 검사에 완벽히 대비하기 위해서는 번듯한 집을 줍고 돈을 주웠어야 했던 건가. 결혼할 상대를 줍고 결혼을 줍고 아이를 주웠어야 했나? 글쎄. 육식의 들러리로 전락할 뻔했던 각종 채소를 주워다가 음식을 만드는 한 친구와, 버려질 뻔했던 활자를 긁어모아 펴내고 알리는 또 다른 친구를 본다. 언젠가 절망이 새겨진 일기를 덤덤하게 건네던 친구를 본다. 그 일기가 곧 노래가 되는 광경을 목격한다. 나라면 미련 없이 버렸을 너덜거리는 감정을 기어코 살려내 앨범에 싣는 친구를 본다. 그 노래를 들으며 가장 평평 울던 사람은 승은이었다. 너도 줍는 사람이면서 그런다. 매일 잘 줍는 친구들을 본다. 그들을 보면서 나는 무엇을 주울 수 있을까 생각한다. 목표치에 한참 못 미치는 하루를, 쓰다 만 글 쪼가리를, 지금의 나를, 나는 정말 주워도 되는 걸까?

　　오갈 데가 없다는 사연을 달고서 월동 무가
왔다. 여기저기 흠집이 난 월동 무는 그 처지가 곤란
했던 모양이다. 제주의 몰아치는 비바람을 맞을 때
만 해도, 자신의 이야기가 이곳까지 닿을 줄은 몰랐
을 것이다. 고생이 많았다. 크기가 작아 남겨진 밤호
박과 표면이 거칠어 남겨진 사과도, 잎사귀 끝이 말
려 버려진 상추랑 서로 부딪치며 멍이 생겼다는 양
파도. 다양한 이야기가 존재하는 세상과 잘 줍는 세
상은 어쩌면 같은 세상일지도 모르겠다. 쉽게 버리
지 않는, 그러니까 쉽게 죽이지 않는 친구들처럼.

이웃은 이런 식으로 만난다

신연경

이사 온 집에 사람들을 초대하고 그들을 다시 집으로 돌려보낼 때면 함께 열한 칸의 계단을 내려간다. 떠나는 사람을 앞세우고 뒤를 따라 내려가면 캄캄하고 긴 통로가 나타난다. 가끔은 켜지고 대부분은 켜지지 않는 센서 등에 손을 뻗어 휘휘 젓는다. 캄캄한 통로가 끝나는 지점에서 내가 앞선다. 문은 꼭 내가 열어주어야 하기 때문이다. 문고리를 잡고 돌릴 때 마음의 준비를 한번 하고, 확 열어젖히며 앞을 살핀다. 뒤의 사람에게 나오라고 손짓한다. 무방비로 인도를 걷는 사람과 부딪쳐 시비에 휘말리지 않도록 조심히 나서면 나의 배웅은 마무리에 다다른다. 그렇다. 우리 집은 절대 사람이 살 것 같지 않은 길 한복판, 상가 건물에 은밀하게 숨어 있다. 나는 뒤의 사람을 돌아보며 약간 머쓱해진 목소리로 한마디 한다. 유럽식이야. 그렇게 손님을 떠나보낸다.

집 아래층에 지금은 부동산이 들어왔지만 원래 24시간 무인 아이스크림 가게가 있었다. 바닥이 새카맣고 쓰레기가 나뒹굴던 이 집을 계약할 때 집주인은 "요새 층간 소음 그런 거~ 난리잖아~ 여기는 아무 문제 없어요. 새벽 3시에도 음악 펑펑 틀고 막 뛰놀아!"라고 내질렀다. 그러다 갑자기 우아한 얼굴을 하고는 "여기 세입자의 특권이에요."라는 말을 비밀스럽게 덧붙였다. 마치 쓰레기 사이에 보물이라도 심어둔 듯이. '세입자'와 '특권'. 두 단어의 조합을 담대하게 내놓는 바람에 분위기가 약간 싸해졌다. 헛말이 아니라 진짜로 그렇게 믿는다는 사실이 내

입속의 혀를 말리게 했다. 하여튼 언어란 참 술수 부리고 휘두르기 좋은 것이다.

그가 특권을 강조한 데에는 그럴 만한 이유가 있다. 아직 기름보일러를 쓰는 이 집을 내가 계약해야 했기 때문이다. 나는 겨울이 어떤 얼굴로 쳐들어올지 모르는 여름 한복판에 이 집을 계약하고 말았고, 지금은 겨울 한 달에 기름값 70만 원어치를 내는 형에 처해 있는 상태다. 그러니 새벽 3시에 괜히 발뒤꿈치로 방방 뛰어보는 수밖에 없다. 긴긴 계절을 미워하게 되어 억울해도 기왕 향수자享受者가 되었으니 사는 동안 즐겨보기로 한다.

세입자의 '특권2'는 창문에서 보이는 나무다. 이 구식 건물에서 누릴 수 있는 것 중 가장 좋은 횡재다. 회색 콘크리트를 마주한 집에 산 이후로 이사 갈 집을 따져볼 때는 눈길이 절로 창문 쪽으로 향했다. 이 동네의 가로수가 모두 은행나무라는 점이 마음에 들었다. 봄에는 여린 싹이 돋는 게 보이고, 가끔 새도 스쳐 간다. 여름에는 잎이 탄탄하고 풍성해져 별다른 인테리어가 없어도 좋을 만큼 아름답기에 블라인드를 최대한 쭉쭉 올리게 된다. 노랗게 잎이 물들면서 은행이 몇 점 떨어질 때쯤엔 어김없이 지나간 시간을 가늠해볼 수 있고, 겨울에는 나뭇가지에 눈이 쌓여 운이 좋으면 눈 뭉치가 아래로 우수수 떨어지는 장면을 볼 수 있다. 온실 속 식물들은 맞지 않는 비와 먼지를 고스란히 머금고도 살아남은 나무들. 그런 생각이 들면 뒤통수의 머리카락을 누가 잡아당기기라도 하는 듯 허리를 꼿꼿이 세우고 바깥을 내 집 안으로 얼른 불러들여 누린다.

세입자의 '특권3'은 옥상으로 통하는 문이 우리 집 안에 있다는 거다. 썩 마음에 들지 않는 초록색 페인트 바닥에 눈이 쌓여 하얗게 변하면 몸에 담요를 한 장 두르고 옥상으로 올라간다. 겨울엔 눈놀이를 하고 여름에는 개와 함께 물총놀이를 한다. 단지 빌린 그릇과 같은 집일 뿐이지만, 이래도 되는가 싶어 불길해질 만큼 그 시간을 충분히 보내는 수밖에 없는 노릇이다. 가끔 의자를 두고 가만히 앉아서 저 멀리 방송국에서 틀어주는 소리 없는 영상을 바라보면 그런대로 운치가 있다. 이 집에 얹힌 한 앞으로도 이렇게 살 것이다. 아마도.

집주인이 말한 '특권1'을 뒤집으면 우리 집 주변에 아무도 살지 않는다는 뜻이다. 하지만 특권은 애초에 뒤집어지지 않는다. 그러니까 결국 특권이 아니라 그로 위장한 계략이라는 것이 여기서 증명된다. 아니다. 사실 이 집은 특권의 정수다. 어느 형편에서나 피해자인 양 내가 가진 것으로부터 나를 유리시키고, 볼멘소리 할 구석만 찾아내는 것. 그것이 얼마나 쉬운 일인지, 그리고 미숙한 일인지. 나는 귓가에 알람이 울리는 것처럼 눈을 번쩍 뜬다. 집으로

가려면 인도의 턱을 하나 훌쩍 넘고, 이가 빠진 보도
블록 몇 칸을 피해야 한다. 가끔은 걸리지만, 대부분
폴짝 통과한다. 문 앞에 다다른 뒤 좁은 계단 열한 칸
을 올라야 한다. 그렇게 몇 걸음 더 폴짝폴짝. 계단보
다 더 높은 턱을 넘어 미닫이문을 열고, 침실로 가려
면 나무 계단을 또 여덟 칸 올라야 하는 게 우리 집이
다. 계단을 다 올라서서 거울을 보면 10년 동안 쉼 없
이 뛰어온 사람처럼 숨이 들락날락하는 나를 마주한
다. 이 집을 고를 수 있다는 것. 그것이 내가 가진 특
권이다.

　　내 담력으로는 애인이 집에 들어오지 않거나
늦는 날이면 주위에 아무도 살지 않는다는 점이 특
히 무섭다. 특정 이웃의 기침 소리나 벨 소리를 듣
지 않아도 되지만 대신 모두의 소리를 듣는다. 뽕짝
을 틀고 다니는 자전거가 지나가는 소리, 천만 원짜
리 오토바이가 누굴 혼내듯 지나가는 소리, 버스 뒷
문 열리는 소리, 구급차의 낙뢰 같은 사이렌 소리, 개

들이 만나서 짖는 소리, 저 멀리서 은은하게 들려오
는 지하철 도착 소리. 모든 소리가 우리 집으로 예기
치 못하게 흘러 들어온다. 얼마 전엔 수면 앱을 깔았
는데, 그 앱이 '대화'라고 인식한 소리에 바깥을 지나
는 노인들의 소리가 담겨 있었다. 그 소리는 대화라
기보다 각자 서로를 향해 지르는 고함에 가까웠다.
그저 지나가는 사람들. 모두가 이웃이고 아무도 이
웃이 아닌 집이다.

╬

수현과 함께 살 땐 반대였다. 아주 가끔 마을
버스나 새 소리가 들렸지만 대부분은 주변에 사는
사람의 흔적이었다. 달그락거리며 설거지를 하다가
수저가 부딪치는 소리. 저 집은 쇠숟가락을 쓰는군.
벽 너머 사람의 습관이나 살림살이를 가늠해보게 되
는 소리였다. 저녁 해가 능선에 잠길 무렵 집에 돌아

올 때 밥 짓는 소리가 나면 사뭇 쓸쓸하면서도 왠지 모를 애틋함으로 마음이 물들었다. 분리수거함에서 누군가 버린 〈작은 아씨들〉 포스터를 발견한 날은 1층의 그 집 건가 생각해보았다.

이따금 아이들의 목소리가 들려오기도 했다. 우리 빌라 앞 주택에 사는 아이들이었는데, 엄마는 한국인이고 아빠는 외국인이어서 영어와 한국어를 섞어 썼다. 그들이 잡기 놀이를 하면서 까르륵대는 소리가 흘러 들어오면 듣기 좋았고, 어떨 땐 흡족하기까지 했다. 버려진 물건을 보지 않아도 우리에게 이웃이 있음을 감지하게 되니까. 언젠가 오후 2시에 아이들이 밖에서 여느 때처럼 놀고 있는데 누군가 "조용히 좀 해!"라고 찢어지는 소리를 냈다. 이윽고 "애들 노는데 왜 그래요! 애들아! 재밌게 놀아~"라는 소리가 잇따랐다. 아이들이 "감사합니다!"라고 대답했다. 집에 있던 나와 정원은 "이 근처에 좋은 사람이 사나 봐……." 하면서 그의 정체를 궁금해했다. 여기서부터는 그 이후 친구들의 대화이다.

> 정원: 오늘 애들이 밖에서 노는데 누가 소리 지른 거 들었어? 갑자기 '조용히 좀 해!' 그래서 애들이 확 조용해졌는데, 어떤 사람이 '애들 노는데 왜 그래요! 얘들아! 재밌게 놀아~' 이랬어ㅋㅋㅋ
>
> 나: 그랬더니 애들이 '감사합니다!' 이러고.
>
> 승은: 그거 수현이야ㅋㅋㅋ
>
> 정원, 나: 어?
>
> 수현: 어…… 그거 나야.

웃기는 일이다. 우리는 이런 식으로 서로 이웃이 되기도 했다. 안심귀갓길 같은 팻말보다 이편이 더욱 나에게 안도를 주었다.

이사 이후에도 친구들이 사는 동네에 자주 간다. 단골 카페에 앉아서 레모네이드를 마시는데 수현이 전보를 물어다 주는 새처럼 들어왔다. 전보는 이러했다. 우리 앞집에 살던 아이들 있지. 아빠가 해외로 발령 나서 이사 간대. 그래서 집에서 벼룩시장을 연다던데? 언젠가 한번 골목에서 그 집 아이들을 마주친 적이 있었다. 지나쳐 가려다 신발코를 휙 돌려 그들을 향해 선 뒤, 기어들어가는 목소리로 "하이……."라고 말했다. 그날 이후 아이들도 나를 보면 얼굴을 정면으로 향해 눈을 마주 보았다. 정식 인사라기엔 오가는 말 한마디 없었지만 인사의 본뜻은 통한 듯해 기뻤다. 나 혼자만의 생각일 수 있겠지만……(나는 상처받고 싶지 않아서 항상 이런 식으로 생각한다). 그런 식으로 우리가 서로를 이웃으로 인식한다는 사실에 조금 감동하였다.

그 아이들을 마지막으로 보고 싶은 바람으로 벼룩시장에 가보기로 했다. 집으로 향하는 언덕 초입부터 크레파스로 글자를 크게 쓴 종이가 붙어 있었다.

벼룩시장(구경 오세요! 가볍게!!)

장난감, 책, 옷, **공룡** 인형, 소품, 크리스마스 용품, 핼러윈 의상 등등…….

절대 들어갈 일 없을 줄 알았던 남의 영토를 밟으려니 조금 머쓱해져 슬그머니 입장했다. 아이들은 없었고, 할머니와 삼촌이 낡은 램프와 타요 장난감을 행주로 닦으며 우리를 쳐다보았다. 원래 장삿집이 아닌 탓에 그쪽도 이쪽도 약간 어색하기는 마찬가지였다. 죽 둘러보니 가슬가슬한 잡초 위에 큰 매트리스가 펼쳐 있고, 크고 작은 장난감이 대략 봐도 많았다. 보드라운 오리와 새 인형 몇 점과 포장도

뜯지 않은 호빵맨 피규어를 골랐다. 집 안에는 온갖 이국의 물품들이 낡거나 조금 삐딱한 채로 서 있었다. 박물관에 온 기분으로 그것들을 눈에 담았다. 잠시 후 대문을 열고 들어온 아이들의 어머님은 우리를 발견하자 활짝 웃으며 제발 호빵맨이라면 모조리 다 가져가달라고 호소했다. 아들은 이 사실을 모른다고 했다. 아이의 뽀얀 얼굴이 떠올라 나중에 슬퍼하면 어떻게 하느냐고 물었다. "잊길 바라야죠."

잊길 바라야죠. 언제나 잊지 않길 바라왔던 쪽이지만 이번엔 나도 부디 그러길 바라며 호빵맨을 품에 챙겼다. 누군가의 한때를 훔치는 기분이 든다. 계좌번호를 받아 휴대전화로 이체하며 그분의 이름을 처음 알게 되었다.

이름을 알게 되면 가까워진 느낌이 든다. 가까운 느낌이 든다는 건 그 사람이 떠날 때 슬퍼질 수도 있다는 것이다. 슬퍼진다는 건 그리울 가능성도 있다는 것이다. 이름을 알게 되면…… 정말 그리울 수도 있을까? 하지만 우리는 이 순간을 성실하게 잊어갈 것이다. 그래도 멀어지기 시작하는 날은 서로가 가장 가까운 날인 법이니까. 이 느낌을 오래 가지고 있어야겠다고 생각한다. 이런 식으로도 이웃을 만날 수 있다는 사실을 기억하겠다고.

좋아하는 데에는 가끔 이유가 있다

손수현

우리 동네를 좋아한다. 요즘 한 가지 즐거움
이 있다면 동네 작은 커피숍에 들르는 것이다. 아침
에 커피를 마셨더라도 산책하다 이곳에 들러 디카페
인커피를 마신다. 플랫화이트 디카페인으로 따뜻하
게 한 잔 주세요. 오트 밀크로 바꿔주시고 시럽 아주
조금만 넣어주세요. 구석 자리에 앉아 커피를 기다
린다. 이곳 사장님은 추출한 커피 원액과 곱게 거품
낸 오트 밀크를 직접 자리로 가져와 눈앞에서 커피
를 만들어준다. 우주같이 까만 커피 위에 부드럽게
얹히는 오트 밀크. 완벽한 건 보기에 좋지만 조금 멀

리 있는 느낌이 들어서 흠잡을 곳 없는 하트보다는 약간 찌그러진 모양이 좋다. 마음에 든다. 잘 먹겠습니다. 홀짝이며 눈알을 옆으로 굴려본다. 각자 일에 집중한 사람들이 보인다. 테이블 위에 놓인 각각의 노트북 껍데기는 각양각색이어서 개인의 취향이 한눈에 드러난다. 이곳에서는 어떻게 보여도 상관없을 것 같군. 안심하곤 노트북을 주섬주섬 꺼낸다. 내 노트북에는 궁서체로 '딸들아 일어나라'라고 적힌 스티커가 붙어 있다. 한국여성의전화에서 받은 굿즈인데 참으로 요긴하다. 할 일이 산더미같이 쌓였는데 자꾸 눕고만 싶을 때 이 굿즈를 보면 느리더라도 결국 일어나게 되기 때문이다. 한국여성의전화 활동가 친구는 내 노트북에 붙어 있는 그 문구를 보면서 왜 스스로를 이런 식으로 괴롭히냐며 의아해했다. 하지만 덕분에 오늘도 딸은 일어나 노트북을 펼칠 수 있었다는 걸 아니?

커피는 달콤하고 시선이 닿는 곳엔 저마다 다른 털을 가진 강아지들이 있다. 반려를 한껏 신뢰한다는 듯 기꺼이 등을 내준 채로. 반려의 발끝에 자신의 손끝을 맞댄 것이 만족스럽다는 듯 똬리를 틀고서. 강아지와 어린이가 환대받는 공간은 안도감을 준다. 강아지와 어린이의 울음소리를 반기지 않는 공간은 공허하다. 나 아닌 다른 존재를 들이지 않는 자리엔 그 크기만큼 구멍이 나 있고, 누구나 거쳐온 그 시절을 잊은 자리는 텅 비어 있다. 별을 조금씩 잡아먹는 우주의 칠흑 같은 구멍은 무엇을 잃은 자리일까. 공간을 온기로 채워주는 이들과 가끔 눈이 마주친다. 눈이 마주칠 때마다 꼬리를 가볍게 흔들어주는 아이들에게 나는 무엇을 줄 수 있을까 생각한다. 우리 집 고양이들의 골골송을 듣고만 있는 것이 미안해서 사랑한다는 말을 엮고 엮어 뱉어내던 순간을 떠올린다. 경쾌하게 눈을 한 번 깜빡이며 짓는 조그만 미소라도 받아줄래? 시선을 피하는 게 익숙한

세상에서 기꺼이 눈을 맞춰주는 강아지를 나도 만난
적이 있었다.

　재작년 겨울쯤이었던가. 연경과 함께 꾸리던
일이 많아지던 무렵이었다. 갑작스러운 감염병으로
모두가 거리를 두던 시절이었다. 사람을 만나는 일
이 줄었지만, 우리는 유치한 캐릭터가 박힌 티셔츠
를 잠옷이라며 입고서 매일 아침밥을 함께 먹었다.
작은 포트럭 파티처럼 너는 비건 너깃을 나는 시금
칫국을 또 너는 나물을 무쳐 한자리에 둘러앉았다.
익숙해지면, 혹은 익숙해진 무언가가 하필 너무 편
하거나 좋은 경우엔 어떻게 하면 이걸 더 쉽게 누릴
수 있을지 고민하게 된다. 그렇게 휴대전화의 안테
나와 버튼이 사라졌고 컴퓨터는 머리통만 남았으며
우리는 현관문을 없애려던 참이었다. 망상이 시작된
다. 현관문을 하나로 통일하고 계단을 없앤 후 천장
을 뚫어서 복층으로 만들면 좋겠다. 하지만 우리는

월세 인생인데. 현관문이란 뭘까. 가정과 가정을 분리하는, 개인의 공간이 시작되는 문. 그건 방문으로도 충분하지 않아? 대화는 꼬리를 물고서 새로운 공간에 대한 논의로 이어진다. 우리가 당장 건물을 살수는 없는 노릇이니 작업실이라도 하나 꾸릴까. 어차피 같이해야 하는 일도 많던 참이었다. 방에는 침대가 있고 거실에는 소파가 있어서 아무래도 눕게되지. 절망을 두 손으로 뭉개며 질끈 감았던 눈을 뜨니 새로운 문이 보였다.

이마의 털 무늬가 하트 모양이었던 강아지와 털이 단밤색이었던 강아지를 또렷이 기억한다. 새로이 꾸민 작업 공간에서 연경과 나 둘만이 둥둥 떠다니던 때, 우리는 문득 이 공간에 온기를 들이고 싶었다. 길을 잃거나 버림받은 강아지들의 가족을 찾아주는 일. 우리 집에는 나이 많은 고양이가 살고 연경의 집에는 사춘기를 맞이한 강아지가 살아서 쉽게 마음먹지 못했던 일이었다. 그러니 작업실은 최적의 장소였다. 그렇게 처음 찾아온 강아지는 회색과 흰 털이 묘하게 섞인 아이였다. 아직 아가여서 털이 먼지같이 부스러졌다. 임시로 붙인 이름은 '사라'였다. 우리는 의미 없이 시간을 보내는 대신 함께 산책을 나섰고, 밤에는 집으로 가 잠자리를 만들어주었다. 신발 자국만 찍히던 문턱에 강아지 발자국이 매일 찍히기 시작했다. 몇 달 뒤 사라는 셋뿐이던 가족의 막내가 되어 작업실을 떠났고 사라의 발자국이 지워져갈 때쯤 또 다른 강아지가 들렀다. 갈색 물감통에 빠졌다 나온 듯 얼굴만 밤색이던 아이. 얼굴에 바른 물감을 조금 흘린 듯 하얀 몸통에 밤색 점이 박혀 있었다. 우리는 그 아이를 보호소의 공고 사진으로 처음 만났다. 입체감이라고는 전혀 없는 납작한 사진 속 밤색 강아지를 보고 왜인지 '준밤'이라는 이름이 떠올랐는데 실제로 만나본 아이는 톡 튀어나온 이마가 홀린 듯이 '단밤'이었다. 카메라가 실제를 완벽히

담을 수 있을까. 단밤이를 데리러 간 보호소에는 미처 담기지 못한 아이들이 너무 많았다.

강아지와 함께 걷다 보면 혼자서는 가지 않았을 곳에 도착할 때가 있다. 한 친구가 숲길에 깊숙이 숨어 있던 불법 개 농장을 맞닥뜨린 연유에는 반려 강아지의 막무가내 리더십이 있었다. 그 강아지는 간판 사이에 끼여 죽어가던 고양이를 발견해 친구로 하여금 임시 보호를 자처하게도 했다. 매번 무심히 지나치기만 했던 놀이터 앞에서 서성거리게 된 것도, 오랜만에 아스팔트 지름길 대신 흙을 밟고 나무가 솟은 길을 걷게 된 것도 강아지 덕분이었다. 가끔은 강아지가 바라보는 곳을 그저 바라보기만 해도 영화가 되기도 한다.* 나는 두 강아지와 걸으며

✢   라반야 라마이아 감독은 반려견과 함께 산책하며 마주하게 된 풍경을 카메라에 담았다. 그 기록은 〈난드리의 산책길〉이라는 영화가 되어 제6회 서울동물영화제에서 상영되었다.

그 사실을 실감해가는 중이었다. 어쩌면 강아지와 함께 걷는다는 건 땅만 보던 시선을 조금 들어 올려 강아지 똥구멍을 보고 걷는 것 아닐까? 도대체 똥은 언제 싸는 거지 하며 걷다 보면 강아지는 어느덧 몰랐던 길을 내게 선사하고 똥 대신 새로운 장소를 선물하기도 했다. 이를테면 커피 마시는 사람들과 간식을 먹는 강아지가 여유롭게 어울리는 곳. 예전엔 잠시 시선만 주었다가 거두었지만 지금은 이렇게 앉아서 너희를 추억하는 이곳.

우리 동네를 좋아한다. 혼자 카페 한구석에 앉아 커피를 홀짝거리며 동네를 좋아한다는 감각에 대해 생각했다. 태어나 자란 곳도, 학창 시절이 덕지덕지 묻어 있던 길거리도 별로 좋아할 수가 없었던 건 틈과 틈 사이에 무엇이 있는지 몰라서였을까. 어깨에 커다란 짐을 이고 주변을 돌아볼 여유 없이 걷다 보면 정을 흘릴 새가 없는 게 당연할지도 모른다.

여전히 아무런 감흥 없이 언덕 위 집을 향해 걸을 때가 있다. 숨이 점점 턱끝까지 차오르면 무감했던 감각은 예민해지고 산으로 둘러싸인 집에 원망이 스민다. 잠시 자리에 멈춰 서서 숨을 고르며 짜증스럽게 주위를 둘러본다. 갈라진 아스팔트 사이에 뜬금없이 피어 있는 보라색 꽃이 보인다. 걸음을 맞춰 걸으며 간신히 피어 있는 꽃과 잔디를 바라보던 각양각색의 뒤통수들이 떠올랐다. 맞아. 너희는 이 동네를 좋아했었지. 너희가 여기저기 흘려놓고 간 정을 주우며 나는 이 동네를 계속 걷는다.

여걸과 파라다이스

신연경

오피스텔이라면 할 말이 많다. 기분이 처참해 끝을 상상할 때면 시작이었던 그곳을 종종 떠올린다. 내가 최초로 독단할 수 있던 공간이자 어떤 욕심을 버리고 택할지 결정한 첫 단추. 8평 남짓한 복층 오피스텔에 산다는 건, 이를테면 내가 읽고 싶은 책을 원하는 만큼 쌓아둘 수 없다는 것이다. 화장대가 아니라 창틀에 올려두어 차가운 로션을 바른다는 것이다. 혼자 울 수 없던 방은 기억조차 못 한다는 기세로 서럽게 울어보는 것이다. 그럴듯한 액자를 걸 순 없지만 대신 마스킹테이프로 포스터를 반듯하게 붙여보는 것이다. 검지로 네 귀퉁이를 꾹꾹 눌러보는 것이다.

친구가 계약 기간을 두어 달 남기고 나가게 된 공실 오피스텔에 살 기회를 얻었다. 나에게 주어진 8평 오피스텔 '파라다이스텔'에 우선 기대한 것은 이런 것이다. 깊은 밤에 눈치 보지 않고 비빔면과 국물 라면을 같이 먹는 것, 물을 끓이려 올릴 때의 기대감, 남을 데려다가 재우기, 그 사람이 부엌에 선 내 뒷모습을 바라보는 순간, 이름도 모르는 화분을 키우는 일, 절대 죽이지 않는 일, 저는 혼자 살아요, 그 말 자체.

✤

어린 시절 오피스텔을 입에 올린 날도 있었다. 당시 TV에서는 〈여걸식스〉라는 프로그램이 선풍이었다. 나와 여자 친구 몇 명은 여걸식스가 되기

로 마음먹었는데, '여걸'은 문제가 아니었지만 '식스'
가 문제였다. 유행이 급물살을 타고 같은 반 여자애
스물 모두가 여걸이 되길 원한 것이다.

　　그 시기 분류법으로는 같은 반 안에서도 당파
가 나뉘어야 마땅하지만, 당시 우리 반 여자애들은
수중생물 관찰 수조에서 올챙이를 꺼내 선생님 책상
서랍에 넣는 남자애들을 피해 일동 단합했다. 우리
는 그들이 브래지어 훅을 풀거나 실내화 가방을 쥐
불놀이하듯 돌리며 다가올 때 서로를 끌어당겨주었
다. 허연 뺨 위로 흐르는 눈물을 소매로 훔쳐주기, 사
물함에 달아놓을 자물쇠 같이 사러 가기, 가끔은 '그
냥 저러게 놔둬' 하는 관용 혹은 포기를 터득하기. 법
치가 소용없는 곳에선 늘 그러하듯이 교실에서 우리
는 서로를 지키는 방법을 알아갔다. 그런다고 머리
채 잡힐 명랑이 아니라 우리도 서로의 보호 아래 시
끄럽게 쏘다녔다.

그러나 우리는 '또래'가 곧 '친구'라는 말이 아니란 걸 알 만큼 머리가 굵었고, 단합한다고 모두가 천편일률은 아니었다. 문구점에 가면 《미스터케이》 잡지부터 보는 애와 문어 다리를 씹는 애, 피아노 악보 피스를 모으는 애로 나뉠 만큼 확실한 기호를 가진 나이이기도 해서 조합을 쉽게 맞추는 데에는 무리가 따랐다. 우리가 고안해낸 방법은 하나와 둘과 셋을 합쳐 '식스'를 만드는 것이 아니라 20을 4로 나누어 5를 맞추는 것이었다. 명칭은 '여걸파이브'로 정정되었다. 누군가 대표 네 명이 멤버를 뽑는 방식으로 나누자고 했지만, 그랬을 때의 위험을 이미 경험으로 알았다. 우리 반에는 문구점 딸도 있고, 슈퍼 딸도 있어서 '밭두렁'이나 편지지로 얼마든지 친구를 살 수 있음을 삶으로 받아들였기 때문이다. 결국 우리는 노래를 부르다가 술래가 '다섯!' 하고 외치면 서로를 껴안으러 뛰어가기로 합의를 봤다. 그 껴안음은 우리가 서로를 아낄 때 하는 포옹과는 너무도 다를 것이었다.

학교에는 '초록 꿈동산'이라는 야외 쉼터가 있었고, 하교 후 그곳에서 로비가 시작됐다. 너 누구랑 하고 싶어? 로비는 응당 비밀스러워야 하는데, 그때는 초조하거나 간지러운 마음을 숨길 수 있는 재능을 갖추기 전이어서 비밀을 지킬 수 없었다.

민영이네 언니 보영이 언니 있지. 그 언니가 현석이 오빠랑 사귀는데, 진솔이가 그 오빠랑 놀아서 싸대기 맞았대. 어디서 맞았대? 검도 끝나고 차 기다리는 데 있잖아. 너 김동환 목걸이 봤어? 거기에 심윤희 사진 들어 있는 거 알아? 걔네 키스도 했대. 너한테만 말해주는 거야. 근데 너 누구랑 여걸할 거야?

그땐 나의 비밀을 말해줘야 가까운 사이가 될 수 있다는 걸 깨닫지 못해서 남의 비밀을 자주 말했다. 남의 비밀을 동냥해서 퍼뜨릴 수 없는 애들은 초조함에 급기야 남의 비밀을 만들기에 이른다. 남의 비밀을 만든 것이 곧 나의 비밀이 된다. 각자 비밀 하나쯤은 마음속 뒤안길에 간직한 채로 초록 꿈동산에 모였다. 이제 배반의 드라마는 끝났다. 둥글게 둥글게 빙글빙글 돌아가며 춤을 춥시다. 손뼉을 치면서. 다섯! 비밀을 까발린 애들과 까발려진 비밀을 다시 까발린 애들이 그렇게 넷, 여섯, 둘 모이고 까발릴 비밀이 없었던 애들은 다섯을 맞추러 여기저기 착란의 시간을 보낸다.

비밀이 충분해 이미 안전을 자부하는 애들과 마지막 순간에야 안도하는 애들까지 어쨌든 모두 다 5의 모양을 했다. 이제 남은 것은 한 명씩 멤버 맡기와 이름 짓기. 멤버 구성은 각자 특성에 맞게 전혜빈이 되거나 조혜련이 되는 식이었는데, 머리가 짧으면 조혜련을 맡는 단순한 방식이었다. 버디버디 아이디에 '소주'가 들어가는 애들은 여걸 이름도 남달랐다. 프란젤, 혜련미(세련미의 언어유희였던 듯), 노가

리뿌시기. 나는 아이디가 '못난곰팅이'인 세련된 애를 따라 '미련곰탱이'라는 아이디를 썼지만 나름 차별화를 하고자 주식회사 로고와 TM을 붙였다. 나의 여걸 넷과 머리를 맞댔다. 우리 꿈으로 이름을 정하자. 너희는 꿈이 뭐야? 눈 큰 애가 말한다. 나는 나중에 결혼하지 않고 오피스텔에 실버타운을 만들어서 너희랑 살고 싶어.

결혼하지 않고? 결혼하지 않고. 나는 그때 조그맣게 읊조려봤을까? 섭리를 거스르는 느낌이 싫지 않았던가? 그런데 실버타운이 뭐야? 늙으면 돌봐줄 사람이 없잖아. 그래서 모여 사는 거야. 그럼 우리 돈 많이 벌어야겠다. 근데 오피스텔이 뭐야? 좋은 건물? 응, 거긴 좋은 데야.

우리의 이름은 '5피스텔'이 되었다. 왠지 모르게 호화로운 느낌을 주는.

좋은 데야. '좋은 데'라는 건 뭘까? 얼마 전 "롯데타워 '시그니엘'에 살아본 사람이 쓴 시그니엘 단점, '절대 여기 살지 마라'"라고 적힌 인스타그램 게시물을 봤다. 시그니엘은 서울 잠실 롯데월드타워 42층부터 71층 사이에 있는 아파트다. 창문을 열 수 없다, 엘리베이터를 기다리는 데 너무 오래 걸린다, 자연과 거리가 멀다, 사생활 보호가 되지 않는다. 이것이 그들이 거기에서 절대 살지 말라고 손사래 치는 골자였다. 내가 처음 살았던 오피스텔의 단점은 시그니엘의 단점과 정확히 일치한다. 창문을 열 수야 있지만 바로 앞 회색 건물이 애달프게 날 바라본다. 그조차도 한 뼘 열릴 뿐이다. 가끔 옆집에서 메시지 오는 소리가 들린다. 자연? 집 앞은 육차선 도로다. 나도, 시그니엘 주민도 '좋은 데'에 살지 못한다. 하지만 그들은······.

'5피스텔'과 모두 헤어져 살았는지 죽었는지 모르는 와중에 진짜 '오피스텔'에 살게 된 뒤로 이런 것은 좋았다. 인스타그램에 동네 사진을 올리고 '연희동' 태그하기. 그 지명은 내가 살던 동네 이름보다 아름다운 것 같으니까⋯⋯. 가슴에 허영이 차서 차별, 빈곤, 서울 중심, 어⋯⋯ 일단 그런 것은 잠시 속엣말로 넘겼다. 중학교 때 독서실 앞 컴컴한 골목길에서 잠깐 몰래 손잡았던 여자애가 연락해 오면 '나는 지금은 서울 살아.' 하고는 그 애가 나를 여전히 원하든 말든 우리 집에 놀러 와서 자고 가라는 말을 한다. 서울이 내 명함인 듯 허세의 귀재가 된다.

그런 '허영'과 '허세'를 건널 때 내 곁에 새로 만난 친구들이 나타났다. 멋진 건물을 지날 때도, 원하는 만큼 꾸몄을 때도 인터넷에 올릴 사진 한 장 찍지 않는 친구들. 자기가 누구인지 알고, 어디에 서 있으며, 어디에 서지 않아야 하는지 아는 친구들. 딱히 현학적이지도 않은 친구들. 시답잖은 농담에 능한 친구들. 그런가 하면 시가 될 얘기도 스스럼없이 하는 친구들. 갑자기 기타를 꺼내 노래를 짓는 친구들. 화를 낼 줄 알며, 그 화가 정확한 방향으로 향하게 하는 친구들.

친구들은 '여걸'이 오피스텔에 살면서 겪는 일을 알았다. 오피스텔 근처에도 갈 수 없는 여걸에 관해서도. 실버타운은 고급 건설사에서 기획하는 비싼 아파트라는 것을 알고, 누군가는 거기 살지만 누군가는 평생 집을 가질 수 없다는 것을 알았다. 그리고 그것에 분노했다. 그들은 인간이 아닌 이들도 살필 줄 알았다. 친구들은 내가 모르는 모든 것을 알고 있었다. 편의점 플라스틱 의자에 자연스럽게 앉아서 눈을 반짝이며 이야기를 듣다 보면 나는 정신의 댐에 금이 가서 마침내 그 사이로 시냇물이 흐르는 것 같았다. 새벽과 아침은 쉽게 왔다.

그제야 내가 기대했던 홀로살이의 단꿈과 꾸

『새드 투게더: 서로의 손을 잡고 일어서기』 **마음산책**

새드 투게더

손수현 신연경

단단한 필모그래피를 쌓아가고 있는 손수현 배우와 인문사회 서적을 독자에게 알리는 신연경 마케터는 서울의 오래된 골목 다세대주택 위아래 층에 살며 한 시절을 함께합니다. 『새드 투게더: 서로의 손을 잡고 일어서기』는 일과 삶을 사랑하는 두 여성이 써 내려간 고군분투입니다.

여자 친구들은 서로에게 무엇이 될 수 있을까요. '우정'이라는 단어만으로는 이 관계를 설명하기에 부족합니다. 세상이라는 거친 파도 위의 구명정, 가야 할 길을 가리키는 나침반, 때로는 기대어 쉴 버팀목이 되어주지요.

두 저자는 현실에 부딪혀 넘어지더라도 그대로 주저앉기보다 손잡고 일어서는 편을 택합니다. "상처를 귀여움으로 기억하게 해주는 건 친구뿐일 거야."라며 힘껏 웃음 짓습니다. 슬픔을 나누며 그 힘으로 삶을 사랑할, 그리고 살아갈 용기를 얻지요. 이 책이 독자님께도 언젠가 홀로 남겨진 듯 외로운 순간에 손 내미는 친구 같은 책이 되어준다면 기쁘겠습니다.

마음산책 드림

지 않았던 꿈속에 숨겨두었던 창피함이 고개를 쳐들었다. 긴긴밤 '내 방'에 친구들을 불러놓고 귀빈 대접을 하는 꿈. 그들의 눈에 담길 화분을 고르는 꿈. 그걸 절대 죽이지 않겠다는 꿈. 삶을 거짓으로 살지 않겠다는 꿈. 나를 정확하게 미워하는 꿈. 슬플 때 우는 꿈. 친구들과의 만남은 가질 것과 버릴 것을 가늠하게 해주었다. 그들을 만나며 집과 방을 가꾸고, 서로의 집에 오가는 삶에 관한 좋은 인상을 가지게 되었다. 받은 편지를 벽에 붙이고, 그것이 나의 기호라 믿는 행위는 부적처럼 내 방을 지켜주었다. 나는 여기에 앉아서 지금의 친구들과 여걸들은 어떻게 같고 다른지 생각한다.

'친구'라는 말이 치는 벽에 관해 골몰한 적이 있다. 우정을 과시하는 건 아주 어린 시절에만 가능하다고 생각했지만, 빈틈 없이 가까운 사이를 목격하거나 '내 친구들'이라는 말을 볼 땐 배알이 꼴렸다.

우리 클럽은 모집 마감이야, 그런 말 같아서. 사실 내 얘기다. 이미 친구들 얘기를 너무 많이 한 데다 친구랑 책까지 쓰고 있다.

다시 친구라는 단어에 대해 생각한다.

나는 이제 더 이상 친구의 머리를 땋아주지 않아. 대신 서로에게 밥을 해 먹이고, 돈을 빌려줘. 서로가 죽으면 같이 사는 고양이와 강아지를 돌봐주기로 약속해. 눈물을 닦아주진 않지만, 내가 울고 있으면 친구는 베개에 얼굴을 묻어서 눈 코 입을 그려보라고 하고 나는 웃어.

가끔은 여걸이었던 친구들에게 물어보고 싶은 날이 있다. 몸 하나 누일 방이 생겼는지, '실버'를 같이 보낼 사람들은 찾았는지, 그들은 너희의 방과 마음을 지켜주는지, 형편이라는 말을 자주 생각하는지, 방에 무엇을 붙일지 결정했는지, 창문이 한 번에 잘 열리는 집에서 사는지, 우리가 여걸로서 했던 약속과 선서를 기억하는지, 아직도 달려가 누구를 껴안을 생각을 하는지, 그때의 껴안음과 지금의 껴안음은 어떻게 다른지. 그리고 지금 내 곁에 선 친구들에게도 묻고 싶다. 너희도 가끔 그들 생각을 하는지.

토마토가 남긴 것

손수현

SNS를 하다 보면 뜬금없는 것들이 유행할 때가 있다. 처음 보는 식재료 활용법이 돌아다닌다거나 누군가 던진 뜻밖의 발언이 '밈'으로 탄생하기도 하며 듣도 보도 못한 생활용품이 리트윗이라도 되는 날이면 많은 사람의 집에 그 용품이 자리를 잡는다. SNS를 통해 알게 된 정보로 나는 락스 청소 후엔 온수를 쓰지 않게 됐고, 스크레이퍼를 사용하면 화석이 된 기름때를 팔이 빠지게 닦아낼 필요가 없음을 알게 됐으며, 전체 인구가 채식을 지향하면 연간

713억 명*의 비인간 동물이 죽지 않아도 된다는 사실을 알게 됐다. 얼마 전에는 '생활기록부'가 화제였다. 정부24 홈페이지에 들어가면 각자 어린 시절을 찾아볼 수 있다는 것이었다. 저 구석에 처박아둔 지 오래인 나의 어린 시절 한 조각이라니, 구미가 당길 수밖에 없는 유행에 솔깃하고야 만 나는 주섬주섬 노트북을 켜고 정부24에 접속했다.

오래된 주공 아파트가 속속 무너지던 즈음이었다. 지금이야 손안에 컴퓨터 한 대씩이라지만 그 당시에는 가정집에 386 컴퓨터가 놓여 있었다. 나는 작은 종이컵 떡볶이가 300원 하던 때에 그 떡볶이를 좋아했고, 어깨에 고리가 달린 종이 옷을 갈아입히는 종이 인형이 유행할 때엔 열심히 종이 옷을 접

＊　종평등을 지향하는 언어에서는 비인간 동물을 세는 단위를 '이름 명名'이 아닌 '목숨 명命'으로 치환하여 사용한다.

었다. 다이어리가 유행했다. 투명한 실리콘 질감의 껍데기 안에 일과표나 일기를 적는 속지를 끼워 넣을 수 있었다. 속지 디자인은 각양각색이어서 종이 몇 장만 넘겨봐도 각자 취향이 보이는 듯했다. 껍데기에 그림을 그리던 아이가 있었고 커다랗게 이름을 적고서 스티커로 꾸미던 아이도 있었다. 깜지처럼 작은 글씨로 이름을 빼곡히 반복해 적던 아이는 왠지 특별해 보였다. 프로필에는 이름과 신체 정보를 적고 자신의 취향을 나열했다. 이를테면 좋아하는 색깔이나 좋아하는 음식, 이상형 따위였다. 이상한 건 그 취향에 순위를 매긴다는 점이었다. 행복은 성적순이라는 말이 와닿는 건 언제쯤부터일까. 모르겠지만, 키부터 등수까지 순위가 매겨짐에 익숙해진 아이들은 의심 없이 취향도 순위에 맞추어 적어 내려갔다.

반에서 친한 친구 세 명의 이름을 순서대로 적으

세요.

    친구를 사귀는 일은 늘 어려웠다. 사과 카드를 들고 있던 두리두리 학습지 선생님 앞에서 입 한 번 떼는 게 그렇게 어려웠던 시절이었다. 그런 나를 보며 어른들은 참 순하다며 칭찬했지만, 다들 간과하는 것이 있었다. 조용하다고 해서 욕망도 없는 건 아니라는 점이다. '보이지 않는다'는 말은 '없다'는 말과 결코 같지 않다. 마치 튀기기 전 팝콘처럼, 나에겐 콩 모양을 한 '반장 욕구'라는 것이 있었기에. 침 흘리며 조는 아이를 잡아내고, 청소 당번을 깜박한 아이를 붙잡아 타이르고, 복도에서 뛰어다니는 애들의 이름을 크게 부르며 수첩에 적고 싶었다. 그러려면 일단 반장이나 팝콘이 되어야 했으나, 있는 듯 없는 듯하던 내 존재를 먼저 알아채고 추천해주는 아이는 없었다.

조용히 자리에 앉아 묵묵히 그림만 그리며 만화가의 꿈을 키워갈 때쯤, 초등학교 고학년이 되었다. 반이 바뀌었고 그곳에서 토마토처럼 똑바로 해도 거꾸로 해도 같은 이름을 가진 친구를 만났다. 그 친구는 스스럼없이 나에게 다가왔다. 눈이 동그랗고 코도 동그랗던, 입을 굳게 다물면 야무지고 입을 떼면 적극적이던 토마토. 눈썹까지 내려오는 앞머리에 양 갈래로 묶은 머리가 명랑해 보였다. 교실이라는 미세한 갈등의 현장에서 토마토는 언제나 용감한 친구였다. 남자애들의 선 넘은 장난을 두고 보는 법이 없었다. 달려가서 때려눕히고, 놓치지 않고 욕을 쏟아부었다. 그 당시 내 짙은 눈썹을 '숯검댕이'라고 놀리던 남자애들에게 늘 대신 불같이 화를 내주던 친구는 토마토였다. 그때 나는 화 내는 법을 배웠던 것 같다. 정확히는, 어떤 분노는 때로 정당하다는 것을. 그리고 목소리를 크게 내뱉는 법, 친구와 대화하는 법, 말을 거는 법, 편지를 주고받는 법에 대해. 복도

를 가장 시끄럽게 뛰어다니던 애들의 순위를 매겨보
자면 토마토는 단연코 상위권이었는데 나는 토마토
를 좋아했고, 그러자 더 이상 팝콘이 되는 일이 중요
하지 않게 됐다.

　　처음 사귀게 된 친구와 관계를 맺는 일은 어
려웠다. 나는 미숙했고 유치했다. 몰래 알려준 장미
접는 법을 온 동네에 퍼트린 친구가 미웠던 시절이
었다. 토마토와는 결국 멀어졌다. 태어나는 순간부
터 우리는 관계의 소용돌이 속에 던져지고, 맨몸으
로 헤엄쳐 나오는 건 각자의 몫임을 처음으로 배웠
다. 물을 먹으며 영 쉽지 않은 과정을 거쳐 파도를 잠
재우고 나서야 세상은 그에 상응하는 대가로 사회
에 융화될 기회를 선사했다. 매번 선택의 순간이다.
손을 뻗을 것인가, 나란히 걸을 것인가. 반대로 걸을
것인가, 아니면 앞을 향할까. 가장 어려운 것은 선택
의 결과를 가늠할 수 없다는 점에 있다. 피곤한 일이

다. 내 운명을 쌀알 몇 개에 의지하며 불안에 떨 바에
야 점점 높아지는 벽을 견고히 하는 편이 나을지도
모르겠다는 결론에 다다른다. 하지만 열심히 쌓아온
벽이 무색하게도 허물어지는 건 한순간이고 그 순간
은 간혹 내 의지와는 상관없이 찾아오곤 했다. 책장
에 꽂혀 있던 책 한 권에, 누군가의 말 한마디에, 무
료함에 습관적으로 누르던 텔레비전 리모컨이 멈추
는 그 순간에.

벽이 무너지며 자욱하게 피어오른 먼지가 걷
히니 네 얼굴이 보인다. 설렁설렁 흔드는 손 너머에
는 네가 사는 세상이 있다. 안녕? 오늘 너를 팔로우
했어.

첫눈에 좋은 것

신연경

    나의 연인은 물건을 잘 고르지 못하는 편이다. 집에 오는 길에 칫솔을 사 오겠다고 선언한 뒤에도 자주 빈손으로 돌아왔다. 침울해하는 그와 마트에 같이 간다. 숙고하는 뒷모습을 하염없이 바라보다가 너무 오래 서 있어서 고관절이 아려올 때쯤 옆으로 다가간다. 그러고는 톡 하나를 건든다. 이걸로 사자. 왜? 부드러워 보여. 잇몸에서 피가 덜 날걸? 애인이 울상을 지으면서 옆에 550가지의 '부드러운 모' 칫솔을 가리킨다.

    사실 부드러움은 핑계이고, 내 기준은 이렇

다. 첫눈에 좋을 것.

　　이 역사는 아주 오래되었다. 자주 아파서 병원에 갈 때마다 엄마는 내게 꼭 한 가지 약속을 했다. 끝나면 갖고 싶은 거 하나 사줄게. 물건들이 쌓여갔다. 종이를 오려 만드는 옷 입히기 책, 장난감에 담긴 초콜릿, 학습지에서 주는 동화 녹음테이프…….

　　첫눈에 좋은 것이 내 것이 되면 최상의 기쁨을 맞이할 수 있다. 나에게서 솟아난 욕망이 무엇인지 즉각적으로 알고, 채워지는 기쁨은 무엇과도 견줄 수 없다. 하지만 그것은 필연적으로 잦은 실패를 낳았다. 옷 입히기 책은 거추장스러워서 인기 순위에서 밀려났고, 테이프는 카세트가 고장 나 한동안 처박혀 있었다. 내가 고른 칫솔은 너무 커서 가장 깊숙한 어금니에 닿지 못했다. 카세트가 고장 날 가능성, 칫솔 크기가 맞지 않을 가능성 같은 것은 내가 실패를 마주한 뒤에나 고개를 불쑥 내밀며 원래 항상 그 자리에 있었다고 알려주었다.

　　친구나 애인으로 얽히는 사람을 만날 때에도
나는 자주 급하게 사랑에 빠졌다. 전학 간 첫날에 양
팔에 두 명의 팔을 끼우고 집으로 돌아간다든가, 첫
만남에 대화가 잘 통한다는 생각이 들면 그 사람 집
에서 자고 오기도 했다. 누군가가 그 사람의 무엇이
좋으냐고 물어봤을 때 "그냥 한눈에 좋았어."라는 말
을 한다면 나를 이교도 취급하는 사람도 꽤 되었다.
그러면서 물건보다 사람과의 만남이 실패할 확률,
사람이 주는 실패의 깊이는 더욱 크고 깊다는 사실
을 온몸으로 깨닫기 시작했다. 곁의 사람은 쉽게 떠
나갔고, 서로가 누구인지 알지 못한 채 얽힌 관계는
서로가 누구여도 상관없다는 마음가짐과는 다르기
에 자주 부서지고 말았다. 서로가 누구여도 상관없
는 마음은 서로를 진정으로 안 뒤에야 가능했기 때
문에.

첫눈, 좋아함, 그러나 필연적으로 망함. 실패의 이유가 '알지 못함'에 있다면 나는 어떻게 해야 할까? 알아야 한다.

새로운 사람을 만날 때, 바로 그 자리에서 얘기가 재밌어지기 시작할 때, 나는 앞으로 기운 상체를 다시 제자리에 놓았다. 너무 빨리 마음을 주려 하지 마. 빨리 재밌어하지 마. 급하게 사랑에 빠지지 마. 빠르게 우정을 확신하지 마. 내 앞의 사람과 속속들이 얽히리라는 가능성을 염두에 두지 마. 이런 생각에 골몰하다 보면 나는 '이해'보다 '간파'하기 위해 버둥거렸다. 점점 모르게 되는 기분이었고, 새로운 사람을 좋아하는 것이 두려워졌다.

✛

마음이 척박해지던 그때, 지금으로부터 6년 전 여름. 나는 한 여자를 만난다. 수현이 주차로 인한 시비에 온종일 침울해한 날이었다. 그 얘기를 듣고 씩씩대며 수현의 집으로 갔다. 집에는 열이 뻗쳐 찾아온 모르는 사람 두 명이 더 있었다. 수현에게 익히 들었던 두 이름, 미미와 그의 애인이었다. 친구의 친구는 만나기 전엔 항상 재밌는 구전설화 같기만 하다. 내가 믿고 사랑하는 친구의 친구라면 나도 모르게 거의 믿게 되었다. 나의 친구에게 그 친구의 일부분이 묻어 있을 테니까.

그 설화 속 인물 하나가 바로 미미였다. 아는 얼굴 셋과 모르는 얼굴 둘이 거실에 복작복작 모였고, 나는 아는 얼굴 셋에만 열심히 고개를 두었다. 수현의 침울이 모두의 침울이 되어 함께 열을 내다가 시간이 지나 차차 식어갈 때쯤, 우리는 각자 앞에 있는 사람과 이야기하기 시작했다. 내 앞에는 미미가 앉아 있었다.

미미는 연신 나를 보며 생글생글 웃었다. 어

두운 집에서도 눈이 반짝반짝했고, 두 팔을 탁자 위
에 얹어 어깨가 으쓱해서인지 어딘가 당당한 분위
기가 풍겼다. '순진'도 '무구'도 아닌 표정이었고, 환
대를 위한 준비를 이미 오래전에 마친 모습이었다.
'정중'은 알지만 '침착'은 모르는 듯한 사람. 입꼬리
가 살짝 올라가 있는 탓에 함께 올라간 광대에 주황
빛 조명이 비쳤다. 산봉우리 위로 내려앉은 햇살 같
았다.

　　미미는 옷 가게를 운영하다가 아토피가 발병
해 가게를 접고, 집에서 빈티지 옷을 촬영해 인터넷
으로 팔고 있다고 했다. 그해 내 팔과 손가락에도 아
토피로 인한 진물이 새어 나오고 있었다. 몸이 점점
앞으로 기울고 있음을 느낀 탓에 자세를 고쳐 앉았
다. "어떤 옷을 파는데요?" 미미는 자신의 인스타그
램 계정을 보여주었다. 나풀나풀한 옷을 걸친 마네
킹 사진들이 주르륵 떴다.

"그냥 소소하게 팔아요. 그런데 옷도 제가 사입하고, 사진도 제가 찍다 보니 좀 힘들어요."

"저 사진 찍는 거 좋아하는데."

생각보다 말이 먼저 튀어나왔다. '그래서 어쩌라고…….' 속으로 내가 대답했지만 미미는 반색하며 그럼 자신의 사진을 찍어주겠느냐고 물어왔다.

미미는 앉은자리에서 우리 둘이 함께 일하게 된다면 수익을 어떻게 나눌지까지 늘어놓고 있었다. 불완전해 보이는 우리 둘 앞에서 그 계획과 결심만은 완전해 보였다. '여기에는 번복이 없을 것 같아.' 내가 짧은 시간 내에 이런 결론을 내고 있다는 사실에 또다시 불안해졌지만 미미의 올라간 어깨는 대화 내내 내려오지 않았고 나는 계속해서 그것을 부러 인식했다.

미미가 얼마 지나지 않아 퀵보드를 타고 발을

굴러 우리 집에 왔다. 주머니에 짙은 초록색 말차 가루를 넣은 채로. 비좁은 우리 집 부엌에 서서 가져온 말차 가루를 정성스럽게 개어 두유 말차 라떼를 만들어주었다. "건강에 안 좋으니 설탕 대신에(왼쪽으로 휘휘) 메이플시럽이나 알룰로스를 넣어야 해(오른쪽으로 휘휘). 연경이한테 그게 좋을 거야."

그는 모두에게 좋은 처방을 꼭 나만을 위한 것처럼 내려주었다. 그 우렁차고 환한 목소리 옆에 서면 작은 단역이 되어도 괜찮겠다고 생각했다. 그러나 그는 정반대로 항상 나를 주인공으로 만들어주었다. 며칠이 지나고 그는 메이플시럽 한 통과 함께 내 앞에 섰다. 나를 위해 무언가 주머니에 넣고 달려오는 몸짓이 오래도록 계속될 것 같다는 예감도 함께였다.

내가 기뻐하면 그는 더욱 기뻐했으므로 나는 처음으로 뭔가를 받은 뒤 기쁨을 표현하는 것이 상대에게 답례가 될 수 있음을 알게 됐다. 내 척박한 마음에 슬슬 물이 차올랐다. 얼음을 동동 띄운 메이플시럽 말차 라떼. 그걸 마신 뒤로 나는 미미와 함께 일하게 되었다.

✧

무더운 여름. 우리는 광장 시장에 가는 버스에 힘차게 발을 올렸다. 먼지를 뒤집어써가며 옷 더미 속에서 팔 만한 구제 옷을 골랐다. 팔 수 있는 옷을 골라내고, 팔 수 없어 보이지만 팔 수 있는 데까지 만들어볼 수 있는 옷을 골라내고, 안 팔리면 우리가 입을 수 있을 만한 옷을 골랐다. 미미는 안목이 좋아 첫눈에 알아보았고, 침착을 모르는 듯한 성정이 그 시간만큼은 차분해졌다. 확신, 위험 감수, 밀어붙임, 격려를 모두 갖춘 맵시 있는 사장님이었다.

까만 봉투에 담긴 옷 덩어리를 양손에 들고선

집으로 가는 언덕길을 낑낑 오르면서 맹렬한 더위에 땀을 뻘뻘 흘리는 동안 우리는 너 나 할 것 없이 말과 웃음에 시간을 녹여내면서 버텼다. 미미는 순수한 얼굴로 웃긴 말을 잘했고 무엇보다 잘 까불었다. '역시나 적시나' '내가 좋아라 해' 같은 남들이 잘 쓰지 않는 말을 입속에 착 붙여 발음했다. 그 이상한 말들을 듣는 게 좋았다.

집에 도착해서 서로에게 어울리는 옷을 골라 입히고, 그대로 집을 나와 골목을 누비는 시간. 하얗고 멀끔한 스튜디오를 빌릴 돈이 없어서 길을 걷다 모퉁이를 돌아 깔끔한 벽을 발견하기만 하면 휴대전화 카메라를 켜서 풍경을 가늠해보았다. 화면에 담긴 첫 느낌이 좋을 때면 내 느낌을 다시 믿기 시작했고, 미미를 그 앞에 세웠다. 새하얀 스튜디오나 잘빠진 카페가 없어도 우리는 골목을 알뜰히 사용했다. 누구의 것도 아닌 도시 공공의 것으로 보이지만 사실은 돈 많은 사람들이 지어놓은 담벼락이나 심어놓은 나무라는 것은 나중에 알아차렸고, 물론 공공의 마른 볕도 잘 활용했다.

옷을 여러 벌 갈아입었어야 했기에 탈의실도 필요했는데, 그럴 때면 우리는 아무도 쓰지 않는 듯한 건물 옥상에 올랐다. 옥상 문이 굳게 닫혀 있으면 계단에서 옷을 벗고 입었고, 작아서 잘 벗겨지지 않는 옷을 붙잡고 몸을 뒤틀 때면 서로의 맨살을 눈앞에 두고선 숨을 죽인 채로 함께 킬킬거렸다. 옷을 입히고 벗기며 서로를 사진에 담고, 각자 팔과 손에 남겨진 진물 자국을 보정하지 않고 그대로 올렸다. 미미 앞에서는 잘 부끄러워지지 않았다.

작은 소동 같은 소일거리를 끝내고 작은 테라스가 딸린 미미의 옥탑방에 들어설 때면 미미는 내가 덥다는 말을 꺼내기도 전에 선풍기를 틀어 내 쪽으로 돌려주었다. 우리는 지친 채로 나란히 바닥에

누웠고 내 쪽으로 오는 바람은 자연스럽게 미미에게
도 흘러갔다. 풍요로운 마음씨는 그걸 내놓은 사람
에게 꼭 돌아가는구나. 그런 풍경 속에서 이 진실을
믿기에 이르렀다.

　　미미는 늘 첫 모습 그대로 나를 향해 달려왔
다. 그때의 호탕함과 아량을 언제나 유지하는 게 신
기하기까지 했다. 나를 부를 때면 항상 큰 소리로 이
름을 길게 늘였고, 작지 않은 내 몸을 자신의 작은
품 안으로 쏙 넣어 한 아름 나무를 안듯이 팔을 둘렀
다. 무더운 여름날 입에 얼음을 문 채 벌게진 얼굴로
바깥에서 옷을 입고 벗는 동안, 입김이 보이는 겨울
날 시장에서 옷을 찾고 내려와선 수수부꾸미를 하
나씩 입에 물고 버스에 오르는 동안에도 우리는 계
속 불완전했지만 우리의 결심만은 여전히 확고하다
고 느꼈다.

"나 처음 봤을 때 어땠어?"

내가 그렇게 물으면 미미는 이렇게 대답했다.

"나는 너무 좋았지! 한눈에 알아봤지, 내가!"

믿기지 않을 때면 나는 몇 번 더 묻는다.

"왜? 왜 한눈에 알아봤어?"

그럴 때마다 미미는 내가 원하는 만큼 대답해준다.

"내 느낌이 있찌!"

미미는 예비된 대답이라는 듯 쉽게, 힘주어 대답한다. 그러고는 나를 왜 첫눈에 마음에 들였는지 시간을 두고 차근차근 이야기해주었다. 네가 그때 예전에 찍은 사진들을 올려다보는 모습이 인상 깊었어. 사람들이 먹기 전 그릇에 담긴 예쁜 음식을 찍을 때 너는 다 먹고 난 빈 그릇들이 놓인 탁자를 찍었어. 다시 들여다보면서 기억하려고 하는 게 눈에 보이는 거야. 나는 그게 좋았어.

시간차를 두고 이어지는 그의 대답을 들으면서 내가 누군가를 알아봤다고 생각했듯 나 역시 한눈에 사람들의 마음에 들기를 바랐다는 사실을 이해하기 시작했다. 그리고 내가 첫눈에 담아왔던 것과 저마다의 이유에 관해서도 하나씩 하나씩 곱씹어보았다. 그래서 좋았구나, 그래서……. 가슴이 깨달음으로 일렁인다.

　　나는 여전히 한눈에 사랑에 빠진다. 그러나 이제는 그것이 내게 올 수밖에 없었던 이유를 안다. 차근차근 내가 붙잡힌 장면들에게 이름을 붙여본다. 그의 생글하는 표정, 나에게 닿았던 응시, 내가 덮으려 했던 흉터를 숨기지 않는 모습, 주머니에 사랑을 싣고 온 달리기, 나의 첫눈에 들어온 그 모든 것이 증거였음을 미미를 통해 알게 되었으므로. 그리고 이걸 알려줄 또 다른 누군가를 한눈에 알아보리라는 기대까지 미미는 나에게 주고 있었다. 미미가 나에게 가르쳐준 대가로 언젠가 울어야 할 만큼보다 덜 울었으면 좋겠다. 그리고 그렇게 덜 우는 동안에도 그의 옆에 서겠다고 선언한다. 그때도 나를 왜 알아봤는지 묻는다면, 미미는 계속해서 같은 말을 반복해줄 것이다.

살고 싶은 순간

손수현

갑작스레 날씨가 추워졌다. 올해 겨울은 날씨가 참 이상하다. 분명히 12월인데 영상 10도라는 소식이 들려오고, 모기장을 걷은 게 한 달 전인데 어젯밤엔 자려고 누운 내 볼에 모기가 살포시 앉았다. 남쪽 끝 어느 도시 아파트에는 벚꽃이 피었다며 난리가 났고, 북극에는 빙하가 녹다 못해 풀이 돋기 시작했다는 참담한 소식이 들려왔다. 그러곤 하루아침에 기온이 15도가량 떨어졌다. 오늘은 사실 운동을 하려고 마음먹었는데, 날씨가 추워지는 걸 보면서 과감하게 노선을 바꾸기로 했다. 커피숍에 가는 것으로. 맞아요. 저는 간사한 마음과 비루한 몸뚱이를 가졌습니다, 하지만……. 스스로에게 자책과 위로를 동시에 건네며 쟁여둔 히트텍을 구석에서 꺼내어 입고 노트북을 챙겼다. 뺨을 사정없이 후려치는 칼바람을 가르며 걷는데 눈에서 눈물이 질질 났다. 이런 날씨라면 내 피부는 체온을 빼앗기지 않기 위해 소름이 돋고 털은 바싹 서 있을 것이 분명했다. 공중에 흩날리는 이 눈물은 안구건조증이 있는 내 눈을 보호하기 위한 필사의 노력이겠지. 하여간 생명체의 생존 본능은 정말 신비할 만도 하다. 과학실 한편에 놓여 있던 인체 해부도가 생각났다. 숨을 쉬기 위해 폐를 팽창시켰다가 다시 수축하기를 반복하고, 피를 온몸에 뿌려대기 위해 심장근육을 쥐었다 폈다 하며, 음식물을 녹여서 흡수하고 찌꺼기를 배출하는가 하면, 순식간에 외부 침입자를 인식하고 그것을 에워싸는 일까지. 우리 몸을 이루는 건 모두 필요하기에 존재한다고 했다. 자연스럽게 살아 있기 위해 수많은 장기가 엉킴 없이 동시에 작동한다는 사실이 문득 부자연스럽게 느껴졌다. 그러니까 살아 있다는 건 참 문학적인 말인 셈이고, 사실 우리는 기능하고 있는 것에 가까워 보였다.

우리 집 아래층에 사는 혜승은 개발자다. 개발자라니. 개발자 친구가 생기는 건 상상도 못 해봤다. 어렸을 적엔 수학학원 대신 미술학원에 다녔고, 오랫동안 음악을 전공하다가 지금은 결국 연기를 하고 있어서 주변엔 보통 예체능에 관련된 일을 하는 친구들이 대부분이다. 혜승을 처음 본 건 운동장에서였다. 풋살을 하기 위해 모인 날이었다. 나는 여성 영화인들이 만든 풋살팀 소속인데, 그곳에 혜승이 있었다. 여성 영화인 풋살 모임이니 당연히 혜승역시 영화업계 종사자라고 생각했다. 우리는 모여서 별 대화 없이 풋살만 하고 헤어졌기 때문에 그가 개발자라는 사실을 알게 된 건 첫 만남으로부터 한참이 지난 후였다. 그날도 5 대 5 풋살을 하기 위해 만났다. 무척 추운 겨울날이어서 실내 구장을 잡았고 하나둘씩 멤버들이 모였다. 조금 먼저 도착해서 풋살화를 조이고 있는데 혜승이 들어왔다. 특유의 걸음걸이로 성큼성큼 다가와 짐을 옆에 풀어놓고 신발끈을 조이는 혜승을 물끄러미 바라보다 물었다. 일찍 왔네. 뭐 하다가 왔어? (우리 풋살팀은 평어를 사용한다.) 프리랜서인 영화인들은 일을 대중없이 하는 게 보통이어서 자연스럽게 나온 질문이었다. 그러자 혜승이 말했다. 퇴근하고 바로 왔어. 퇴근이라는 단어에 잠시 멈칫했다. 출퇴근을 하는 영화 종사자……. 아, 혜승은 영화 마케팅이나 배급 쪽에서 일하는가 보구나! 명쾌하게 추측하고는 공을 차기 시작했다. 실내 풋살장은 천장이 있어서 실외 풋살장보다 답답하지만, 공을 밖으로 차도 아웃이 되지 않았다. 오히려 벽을 디딤판 삼아 부메랑처럼 되돌아와서 어디로 튈지 예측이 어려웠다. 그런데 그게 너무 재밌는 것이었다. 예상할 수 없는 건 불안하지만 작은 긴장감과 함께 흥분을 고조시킨다. 흥분은 도파민을 자극해 재미와 닿고, 우리는 일촉즉발의 공놀이를 즐기며 공을 따라 우르르 몰려다녔다. 그때 공이 벽에 맞고선 내 앞으로 떨어졌다. 마침 골대 앞이었고 나는 이때다 싶어 힘차게 오른 다리를 뻗었다. 그 순간 오른쪽 무릎에서 뚝! 하는 엄청난 소리가 났다. 동시에 찢어지는 듯한 통증이 밀려왔고 그 자리에 주저앉을 수밖에 없었는데 이상하게도 입에선 계속 웃음이 새어 나왔다. 아, 이것은 엔도르핀이로구나……. 인체는 통증이 극심할 때 아픔을 잊기 위해서 호르몬을 분출한다는 글을 어디선가 본 적이 있다. 그래서 사람들이 극한의 고통을 선사하는 마라톤이나 위험을 동반하는 레저에 중독된다고 했다. 위험한 줄 모르고서 힘껏 발을 뻗다가 다치고도 웃고 있는 나를 보니 틀린 말 같지는 않았다. 공을 차던 사람들이 놀라서 내 주위로 몰려들었고 혜승은 그들을 뚫고서 내

다리를 자신의 어깨에 걸치며 말했다. 숨을 쉬어! 숨 쉬어야 해! 혜승은 내 다리를 조심스레 접었다 폈다 하며 상태를 체크했다. 알고 보니 혜승은 개발자가 되기 전에 필라테스 강사였다고 했다. 내일 해가 뜨면 꼭 병원에 가보는 게 좋겠다며 나를 일으켰고 나는 절뚝이며 혜승을 따라 계단을 내려갔다. 난간을 붙잡고 내려가는데 혜승의 뒤통수가 보였다. 왜인지 뒷모습이 든든해 보였다. 고마운 마음과는 별개로 혜승과 친구가 되고 싶다는 뜬금없는 생각이 들었다. 그것은 엔도르핀과 도파민의 여파였을까?

혜승은 병원에 꼭 가보라는 말을 여러 번 하면서도, 함부로 예단하며 겁을 주지 않았다. 나중에 듣기로 혜승은 내 십자인대에 문제가 생겼을 수도 있겠다고 생각했다고 한다. 일부러 말 안 한 거지? 어떻게 알았어? 다 알지. 네가 웃으려 해도 새하얗게 질려 있는데. 말하면 겁먹을까 봐. 혜승은 그렇게 대답하며 특유의 무심한 표정을 지어 보였다. 사람에게는 촉이라는 게 있어서 정신없는 와중에도 나는 그 배려를 느꼈던 것이다. 다행스럽게도 십자인대에는 문제가 없었다. 뚝 하는 소리는 무릎이 접혔다 펴지면서 인대가 순식간에 뼈 사이에 꼈다 빠지며 난 소리였다. 말이 되나 싶지만, 인체는 신비하니까 가능할 법도 하겠지 싶었다. 혜승에게 고맙다는 말을 전하며 술을 사겠다고 했다. 냉큼 달려 나온 혜승은 다음 날 출근도 잊은 채 위스키를 퍼마셨고 우리는 금세 묵은 이야기를 나누며 다음번을 약속했다. 알코올을 분해하는 능력이 약한 혜승의 간은 꽤나 고생한 듯했다. 출근해야 하는데 아직도 얼굴이 벌겋다는 연락이 왔다. 물론 나도 썩 좋은 상태가 아니었으므로 우리는 보이지 않는 연결망을 사이에 두고서 서로를 상상하며 낄낄댔다. 안 그래도 독립을 계획 중이던 혜승은 얼마 지나지 않아 연경이 비우고 떠난 방에 둥지를 틀었고, 나는 그렇게 생전 처음 개발자 친구를 맞이하게 된 것이었다.

      끼니를 종종 거르는 혜승에게 자주 묻곤 한
다. 밥 챙겨 먹었어? 본인이 추운지 잘 깨닫지 못하
는 혜승에게 이런 질문도 자주 한다. 양말 신었어?
이렇듯 보통은 안위를 묻지만, 친구가 된 지 얼마 안
됐을 무렵엔 이런 질문도 건넸다. 도대체 코딩이 뭐
야? 혜승은 웹사이트에서 처음 뜨는 화면을 기능하
게 구현하는 파트를 맡고 있다고 했다. 디자이너가
화면을 디자인하면 그걸 가독성 있게 작동하도록 만
드는 일이라고 했다. 그 과정이 코딩의 일환이라는
데, 그럼에도 잘 이해가 가지 않아 또 한 번 물었다.
그래서 도대체 코딩이 뭔데? 어떻게 설명해줘야 알
아먹을지 고민하던 혜승이 옳지 하며 말했다. 컴퓨
터랑 대화하는 거야! 그리고 덧붙였다. 그러기 위해
컴퓨터의 언어를 배우는 거야! 그러니까 컴퓨터의
말로 무언가 입력하면 컴퓨터가 알아듣고 원하는 바

를 보여준다는 것이다. 클릭하면 화면이 열리는 그 자연스러움을 위해 컴퓨터의 말을 할 줄 아는 개발자가 필요한 것이었다. 나는 오늘 추위에 따귀를 맞으며 왜인지 그의 말을 떠올렸다. 어쩌면 우리 몸도 개발자를 하나씩 품고 사는 게 아닐까. 혜승처럼 부지런하고 유능한 개발자를. 춥다, 입력, 털을 세운다, 출력, 이런 식으로.

연기하는 일을 한다. 연기를 시작한 건 우연이었다. 연예인이 되고 싶다는 붕 뜬 마음이 땅에 발을 붙이지 못하게 하던 적이 있었다. 그때는 '연기를 한다'라는 것에 대한 자각이 별로 없어서 내가 카메라 앞에서 뭘 하고 있는지도 잘 몰랐다. 지금에 와서야 연기를 계속하고 싶다는 생각을 자주 한다. 온갖 것과 부대끼며 삶을 꾸려가는 모양과 영화가 만들어지는 과정이 닮아 있다는 걸 알게 된 순간을 잊을 수 없다. 한 작품을 완성하기 위해 각각의 수많은 입장이 모이는 곳. 그 과정에는 늘 호기심과 미움, 즐거움과 지난함, 이해와 배척 등의 모순적인 감정이 공존했다. 그렇지만 수많은 대화의 목적은 언제나 같은 방향으로 귀결됐다. 잘 만들기, 그리고 잘 살기. 그 과정 자체가 '살고 있다'라는 감각을 줬다. 나는 그런 감각을 마주할 때마다 시나리오 속에서 마주치는 인물을 어떻게 바라봐야 할지 고민했다. 종종 '진실'에 대해 생각한다. 진실은 어떻게 기능하는 걸까? 장 뤼크 고다르는 사진은 진실이며 영화는 초당 스물네 번의 진실이라고 했고, 브라이언 드 팔마는 영화란 초당 스물네 번의 거짓말을 하는 것이라 했다. 이야기와 인물을 진실로 믿게 만드는 힘이 나는 늘 궁금했는데, 연달아 적어둔 상반된 문장을 보며 생각했다. 살아간다는 것은 결국 '없다고 믿는 것'을 찾아가는 과정이 아닐까. 모순으로 가득한 세상에는 감춰져 있는 게 많은 법이니까. '사실은 없는' 인물이 글 속에서 살아 있고, 나는 실제로 여기에 살아서 '사실은 없는' 인물을 연기한다. 그제야 그 인물은 비로소 '살게 되는 것'이 아닐까. 승은은 한 칼럼에서 비정규직의 현실을 다룬 영화 〈다음 소희〉를 소개하며 이렇게 썼다.

영화는 전부 거짓말이다. 진실을 위해 모인 거짓말이다. 이 진실된 거짓말을 위해 많은 사람들이 각자의 자리에서 최선을 다한다. 영화는 진실과 거짓이 서로 반대가 아니라는 것을 말하는 매체다. 연출된 진실. 그것을 나는 가짜라고 부를 수 없다.

나는 그런 순간을 만날 때마다 너무나도 잘 살고 싶어졌다.

◆   신승은, 「영화는 세상을 바꿀 수 없다」, '극장 앞에서 만나', 여성주의 저널 《일다》, 2024. 1. 27.

혜승이 저쪽 테이블에 앉아 컴퓨터를 앞에 두고서 골머리를 썩고 있다. 무슨 일이냐 물으니 팀원 한 명이 요상한 아이디어를 내는 바람에 어떻게 기각해야 할지 고민이 된다는 것이었다. 무슨 아이디어인데? 집값이 떨어진 아파트를 실시간으로 알려주는 앱을 만들자는 거야. 나는 그런 거 진짜 하기 싫은데. 미간에 주름이 잔뜩 진 혜승을 보니 승은이 떠올랐다. 찌푸려진 미간에 농담을 던져 펴주는 건* 승은의 특기인데. 하지만 나는 농담의 능력치가 현저히 떨어지기 때문에 대신 공감을 해주기로 했다. 그러게. 진짜 하기 싫겠다……. 그리고 물었다. 너는 뭐 만들고 싶은데? 그러자 혜승이 순식간에 미간을 펴고 눈을 초롱초롱 떴다. 나는 냉장고 안에 있는 식재료를 입력하면 어떤 요리를 할 수 있는지 알려주는

---

*　신승은 노래 〈빙수 좋아하니…〉의 가사 "찌푸려진 너의 미간에 나의 농담 두어 개쯤 눌러 펴주고 싶네"에서.

앱을 만들어보고 싶어! 어렵게 배운 언어로 냉장고나 털 생각을 하는 네가 눈앞에 있다. 그래, 나는 이런 네가 좋았던 것 같아.

냉장고를 뒤져 찾아낸 썰어놓은 양파. 언젠가 밀폐용기에 옮겨놓았던 홀 토마토. 오래되어 흠이 난 마늘을 입력한다. 잠깐의 시간이 지나면 곧 토마토 갈릭 파스타가 출력될 것이다. 우리는 동그랗게 둘러앉아 그 음식을 함께 나누어 먹을 것이다. 맛있겠지? 분명히 즐겁겠지. 그러자 나는 너무나도 살고 싶어졌다.

그 여자들의 명의변경

신연경

친구들은 나를 딸이라고 부른다. 자연스레 그들은 내 엄마가 된다. 가끔 나는 승은을 할머니라고 부르기까지 한다. 수현과 함께 여행길에 오를 때, 승은이 목에 손수건을 두르고 밀짚모자를 쓴 채로 마중 나와 우리가 사라질 때까지 손을 흔들어준 적이 있다. 이미지, 그 이유가 전부는 아니다. 그는 이사 간 나를 위해 양파장아찌를 담그고, 집에 가져갈 때 흐르지 않도록 꼼꼼하고 예쁘게 싸준다. 수현은 나의 안위를 걱정하고, 내가 밥을 먹지 않으면 부엌에 들어가 묵묵히 식사를 준비한다. 끊임없이 챙겨주고

챙길 것이 더 남아 있지 않음을 아쉬워한다. 우리는 늘 가족중심주의에 관해 욕하지만…… 내게 우리 관계의 원형을 설명할 수 있는 단어는 그뿐이다.

그들이 나의 엄마일 수 있음에는 이런 조건이 있다. '그들은 내 **진짜** 엄마가 아니다.' 적어도 내가 아는 엄마들은 딸이 언젠가 자신의 삶을 박차고 떠날 것을 알고 불안에 떤다. 그리고 그 사실을 철저하게 외면한다.

눈이 소복소복 쌓이는 12월 중순이다. 어둑어둑한 집에서 혼자 눈 오는 창문 앞에 앉아 있으면 생각나는 장면이 하나 있다. 어느 겨울, 내 나이 열 살쯤 되었을까. 열이 펄펄 끓어서 학교에서 조퇴하고 집에 가려는데 눈이 많이 내렸다. 공중전화에서 콜렉트콜로 전화를 걸었지만 엄마가 받지 않았다. 김이 나는 듯한 머리를 달고 눈을 맞으며 집으로 힘겹

게 걸어갔다. 숨을 헉헉 내쉬며 문을 열었을 때, 엄마는 내가 들어온 소리를 듣지 못한 채 두 다리를 가슴께로 끌어안고 앉아 멍하니 눈 오는 창밖을 보고 있었다. 내가 엄마를 어떻게 불렀는지 기억나지 않지만, 엄마의 동그랗게 말린 작은 등을 잠시 쳐다보았던 순간을 기억한다. 그리고 지금 여기에서 눈이 오는 창밖을 바라보면서 나를 학교에 보내고 엄마가 마주했을 시간에 관해 생각한다.

엄마는 예쁜 잔을 좋아하니까 오직 커피만 담겨야 할 것 같은 그런 잔에다가 믹스 커피를 마셨을 것이다. 엄마는 커피를 좋아하니까, 그러나 우리 집엔 커피를 내리는 용품이 없었으니까. 맥심을 오래 마셨는데 요새는 가끔 집에 가면 카누가 있다.

엄마는 어쩌면 침대에 한참 누워 있었을 것이다. 아니다. 엄마는 자신의 몸이 편한 걸 허락하지 않았으니까. 잠깐 여유가 생겼더라도 다시 몸을 움직였을 것이다. 청소기를 돌리고 나에겐 절대 안 본다던 드라마를 켜놓고 힐끔힐끔 보면서 바닥을 훔쳤을 것이다. 엄마는 TV 뒤에 달린 전선까지 매일 닦는 사람이었다.

아니다. 잠깐 벽 옆에 몸을 웅크리고 누웠을지도 모른다. 엄만 사실 잠이 많으니까, 눈꺼풀을 이기지 못했을지도 모른다. 그러다가 문득 눈을 뜨고 쪽잠을 자는 자신에게 화가 나서 벽을 쳤을지도 모른다. 아니다. 엄마는…… 엄마는 자신에게 화내기보다 우리에게 화를 냈으니까.

아니다. 나는 아무것도 아는 게 없다. 나의 기억 속엔 엄마가 엄마 자신을 측은하게 여기거나 아름답게 바라보는 장면이 없다. 엄마도 나에 대해서, 내가 어떤 방식으로 회한과 비통과 갈망을 처리했는지 모를 것이다. 그리고 내가 중학생이 되었을 무렵, 우리는 가끔 저녁 식탁에 마주 앉아서 마침내 서로가 서로에 대해 가장 잘 안다는 듯이 싸우기 시작했다. 서로에 관해 더는 알고 싶지 않다는 말을 서로에게 침 뱉듯이 뱉었다. 앙숙이 된 둘은 결국엔 알아들을 수 없는 말로 울부짖은 뒤 '잘 풀리는 집'이라고 쓰인 휴지에 코를 풀고 나서야 이내 차분해졌다.

며칠 전 펼친 『살림 비용』에서 데버라 리비는 "어머니란 우리가 만난 사람 중에서 언제나 가장 희한하고 제정신이 아닌 사람"일 수밖에 없다는 뒤라스의 말을 옮긴다. 과거의 나는 그 말에 담긴 얄궂은 진실을 이해하기엔 너무 어렸다. 그가 누구이며, 내게 무엇이며, 왜 우리는 이런 짓을 반복하는 건지. 이런 종류의 진실은 언제나 나중에 찾아와 나를 괴롭힌다.

그 무렵 엄마와 그렇게 서로에게 절대 닿지 않을 말을 쏟아붓고 나면 아주 어릴 때 엄마가 안아주던 느낌이 너무나 그리워졌다. 내 머리카락을 손가락 사이사이로 넣어 훑어주던 최초의 사람. 약하고 소중한 것을 다룬다는 그 느낌을 다시 불러오고 싶었다. 그럴 때면 속엣말로 이건 착각일 뿐, 앞으로 그런 일은 일어나지 않을 것이라고 중얼거렸다. 언제가부터 나를 잡아당기거나, 울거나, 멍하니 있거나, 닦달하는 엄마만이 내 앞에 있었으니까.

고등학생 때, 엄마가 읽던 전경린의 소설 『풀밭 위의 식사』를 펼쳤다. 엄마가 등을 세우고 앉을 수 있는 곳은 식탁 의자뿐이었기에 책은 식탁 위 김을 담아둔 밀폐용기와 나란히 있었다. 엄마가 지성적 존재일 수 있음을 그때 처음 감각했다. 엄마는 '유폐성'이라는 단어 옆에 '무엇이든 자신의 내면 깊숙이 숨겨두는 성향'이라는 메모를 남겨두었다.

이제 와 데버라 리비식으로 말하자면 나는 엄마가 '기진한 여자를 찾는' 중이라고 생각했다. 그래서 서울로 혼자 이사할 때, 『풀밭 위의 식사』를 새로

사서 엄마가 사는 집에 두고, 엄마가 밑줄 친 그 책을 들고 왔다. 이 책을 두고두고 펼치며 엄마가 자기 자신의 측은한 면과 아름다운 면을 발견하는 장면을 내가 놓쳤을 수도 있다는 사실을 인정해보려고.

서른이 다 되어서도 초등학생 때 엄마가 처음 만들어준 다음 이메일 닉네임 '딸기공주'를 가끔 게임 닉네임으로 쓴다. 이제 난 '공주'보다 '전사의 후예'이고 싶은데도. 메일 ID도 여전히 엄마가 만들어준 그대로다. 비범하지 않게도 이니셜 syk로 시작하는……. 사람들이 곧잘 'sky'로 오인해서 종종 메일을 받지 못했다. 엄마 탓에 메일을 받지 못했다는 생각은 한 번도 한 적 없지만, 나는 거의 매일 엄마에 대해서 생각한다.

지금은 그와 멀리 떨어져 살며 서로에게 애틋함을 느낀다. 누군가 엄마와 사이가 어떤지 물어

보면 우리는 친구처럼 지낸다고 망설임 없이 말한다. 친구는 지금의 내게 가장 미더운 이름이니까, 그에게 그 단어를 주고자 하는 나의 전술이다. 다시 서울로 돌아갈 때면 엄마는 엘리베이터 앞에서 내가 그리워했던 바로 그 포옹을 내게 준다. 대낮 같은 얼굴로 너무도 다정하고, 따뜻하게, 우리가 함께한 일생 내내 그러했다는 듯이. 나는 마침내 엄마가 유폐하고 있던 '그 여자'를 찾았나 보라고 이해하고 싶어진다.

가끔 오늘처럼 이 모든 이야기가 한꺼번에 떠오르는 날이 있다. 친구들은 나의 엄마가 되고, 엄마는 나의 친구가 되었다는 사실이 이상하지만, 나쁘게만 다가오지 않는 날이.

아직 제목 없음

손수현

　　요즘 잠을 이루기가 어렵다. 원인을 알 수 없다. 아니지. 따지고 보면 명확하다. 잠자리에 들 때쯤이면 어둠을 타고서 막연한 상상이 찾아오기 때문이다. 모든 사람은 각각 다른 불안을 지니고 산다. 내가 가진 불안은 보통 안위와 관련되어 있다. 수박씨를 먹으면 뱃속에서 수박이 자란다던데, 그래서 배가 터질 바엔 수박을 먹지 않는 게 낫지. 그렇게 생각하던 어린 시절을 떠올린다. 어렸을 적 어른들은 생선 가시가 목에 걸리면 밥을 한 숟갈 먹으라고 했다. 그 말에 식도에 가로로 걸려 있던 가시가 밥풀 덩어리와 함께 내려가며 식도를 찢는 상상을 했다. 차라리 생선을 먹지 말자 싶었다. 장롱과 장롱 사이에 끼여 있는 걸 좋아하면서도 마감이 덜 된 목재 표면의 나무 티끌이 눈에 들어가 시력을 잃을까 봐 겁이 났고, 손가락에 상처가 나 반창고를 붙일 때도 피가 통하지 않아 손가락이 썩어들어 갈까 봐 두려웠다. 이론적으로 말이 안 되는 상상을 하던 시절을 지나 어른이 되자 이제는 현실에 근거를 둔 걱정이 시작됐다. 이를테면 오늘 뉴스 꼬라지를 보니 곧 전쟁이 날 것 같다. 강도가 들어올 것 같다. 불이 날 것 같다. 혓바늘이 났는데 이틀이 지나도 낫지 않는 걸 보니 큰 병에 걸린 것 같다. 그래서 곧 죽을 것만 같다. 즐겁고 기쁜 일은 왜인지 자세하게 그리기가 어려운데, 무섭고 겁이 나는 상상은 막연하게 시작되어 세세한 숨소리 사이로 파고든다. 그럴 때면 숨이 막힌다. 그럼 또 숨이 막히는 것에 겁을 집어먹고 온갖 검색어를 입력하며 비슷한 증상을 찾고 비타민을 털어 넣는다. 친구들은 나에게 약간의 염려증이 있는 것이 아니냐며 염려를 전했다.

처음 죽음을 떠올리던 날을 기억한다. 유치원을 마치고 돌아오던 길이었다. 엘리베이터를 타고 당시 살던 15층으로 올라가는데 층마다 문이 열렸다. 문이 열릴 때마다 동네 아주머니들이 탔다. 이런 적은 처음이라 무슨 일이지 싶어 눈알을 또르르 굴리는데 하나둘 모인 아주머니들이 수군거렸다. 어떡해. 많이 아프대? 모르겠어. 갑자기 쓰러졌대. 무슨 일이래. 내 머리 위에서 들려오는 수군거림을 올려다보며 원인 모를 불안에 덩달아 동승했다. 엘리베이터가 15층에 도착하는 동안 아무도 내리지 않았다. 긴 복도를 따라 걷다 보면 끄트머리에서 두 번째쯤에 우리 집이 있었는데 함께 엘리베이터를 탔던 아주머니들이 어쩐 일인지 모두 우리 집으로 향했다. 그 틈에 섞여 떠밀리듯 걸었다. 우리 집 문이 열리자 어두운 안방이 보였다. 현관문이 어떻게 열렸는지는 기억이 나지 않는다. 기억나는 건 현관과 마주한 환한 거실과 부엌. 그 옆에 빨려 들어갈 듯이 어두운 안방. 그곳에서 링거를 맞으며 누워 있던 엄마. 나는 그때 정말로 엄마가 죽은 줄 알았다. 엄마가 떠날 수도 있다는 엄청난 불안을 처음 느꼈던 순간이었다. 하지만 나의 충격과는 상관없이 이상하게도 엄마는 이날을 전혀 기억하지 못했다. 나더러 꿈을 꾼 것이 아니냐고도 했다. 절대 그런 적이 없노라는 엄마의 강경한 태도에 내 기억을 조금 의심하기도 했지만, 그것과는 별개로 그 후로 안방을 떠올리면 늘 불이 꺼진 깜깜한 공간이 그려졌다. 주변의 모든 빛을 다 빨아 먹는, 블랙홀처럼 일렁이는 불안의 어둠. 거기로 종종 빨려 들어갈 것만 같았다.

촬영이 있던 날이었다. 아침 일찍 일어나 밥을 먹으며 대본을 보던 중이었다. 작은 산에 둘러싸인 집은 여느 때와 다름없이 고요했다. 밥벌이를 위해 나와 비슷한 시간에 일어난 새들이 짹짹거리고, 건너편 집 옥상에서는 고양이가 기지개를 켜며 하루를 준비하고 있었다. 그때 고요한 평화를 깨는 낯선 소리가 들려왔다. 민방위훈련 때나 들을 수 있던 사이렌 소리와 어디 있는 줄도 몰랐던 동네 스피커에서 송출된 대피 명령. 두 소리는 마구 섞여 산등성이에 부딪히며 메아리를 만들었다. 상황을 파악하기도 전에 이번에는 휴대전화가 깨질 듯한 알람을 울리며 재난문자가 도착했다. **6시 32분, 서울 지역에 경계경보 발령. 국민 여러분께서는 대피할 준비를 하시고, 어린이와 노약자가 우선 대피할 수 있도록 해주시기 바랍니다.** 나는 정말 기절하는 줄 알았다. 함께 밥을 먹고 있던 승은도 당황하기는 마찬가지였다. 무슨 일이 일어났는지 정확히 알아보려 검색하려는데 설상가상 포털사이트도 접속이 되지 않았다. 그제야 확신했다. 아, 전쟁이 나고야 말았구나. 머릿속에서 그토록 시뮬레이션을 돌리던 상황이 실제로 벌어진 것이다. 그렇다면 상상해왔던 대로 움직이면 될 일이었다. 식량을 챙기고, 두꺼운 옷을 챙기고, 아이들 밥을 챙기고, 기름 담을 통과 브리타 정수기를 챙기고, 아이들을 담요 깐 이동장에 들여보낸 뒤 대피하기. 하지만 몸이 마음대로 움직여지지 않았다. 달리지도 않았는데 차는 숨과 후들거리는 다리를 붙잡으며 아래층 혜승과 정원에게 갔다. 이른 시간이어서인지 애들은 아직 잠에서 덜 깬 상태였고 나는 어떡하냐는 말을 되풀이하며 거의 울먹였다. 누군가 크게 울거나 당황하면 다른 사람은 오히려 침착해지는 법이다. 나 또한 벌레를 너무나도 무서워하지만, 함께 사는 승은이 더 무서워하는 탓에 종종 지네를 산 채로 포획하곤 했다. 혜승은 그럴 때의 나처럼, 적어도 표정만은 무덤덤한 채로 상황을 파악하기 위해 포털사이트에 접속했다. 하지만 여전히 접속이 되지 않자 역시나 무덤덤한 목소리로 어, 정말인가, 어떡하지, 중얼거렸고, 정원은 그 옆에서 미간을 찌푸린 채 조용하게 냉소를 내뱉었다. 리코랑 집에 있어야지 뭐……. 대피소에 어차피 애들 못 들어가잖아. 그때 또 한 번 휴대전화가 울렸다. **6시 41분, 서울특별시에서 발령한 경계경보는 오발령 사항임을 알려드림.** 하지만 이미 우리는 현관문 앞에 어정쩡하게 서서, 인간이 아닌 채로는 안전한 어디로도 갈 수가 없다는 사실을 새삼스럽게 마주한 상태였다.

한 친구는 종종 말했다. 내가 혹시라도 무슨 일이 생겨서 먼저 죽으면 우리 개 좀 부탁할게. 그때 나에게 죽음이란 암묵적으로 금기어여서 속으로 침을 세 번 뱉었다. 그러면서도 그 말을 조용히 들었다. 곰곰이 생각해보면 나도 사람이고, 사람은 언젠가 죽는 법이며, 한 치 앞을 알 수 없는 것이 삶이라는데, 우리 집에도 고양이 넷이 사니까 나눠야만 하는 이야기였다. 친구는 원가족과 인연이 끊어지기를 바라며 살아왔는데, 아이러니하게 자신의 죽음으로 그 인연이 다시 이어질까 봐 걱정하는 듯이 보였다. 그래서인지 휴대전화 메모장에 반려 강아지의 거처와 자신의 재산을 어떻게 처분하길 바라는지, 장례를 어떻게 치르길 바라는지 등에 대해서 상세히 적어두었다. 엄마와 아빠는 내가 혹여라도 죽음에 대해 입에 올리면 큰일이 날 것처럼 굴었는데, 친구들은 너무나도 태연하게 죽음을 대비했다. 그런 그들은 안 무서울까? 무섭지. 생각만 해도 슬프고, 안타깝지. 그럼에도 감정은 미뤄두고서 죽음 그 자체를 똑바로 마주하는 것은 그에겐 그의 뒤를 책임져줄 사람이 없기 때문이었다. 사실은 없지 않다. 친구에겐 오랫동안 만난 연인이 있지만 서류 위에 두 이름을 나란히 둘 수가 없어서 스스로 대비해야만 하는 것이었다. 너와 나 사이엔 다음 생까지 이어질, 그 무엇으로도 끊을 수 없는 단단한 줄이 이어져 있다고 믿었는데, 사실은 위태롭기 그지없는 것이라는 그의 말이 슬펐다. 결국 우리는 이 집 안에서 서로를 끌어안고 죽게 될까? 사랑이 모든 걸 이긴다는데, 정말 그럴 수 있을까? 분명 이기는 순간을 종종 목도하지만 이미 사라진 누군가의 옷더미를 밟은 채는 아닌지. 기쁨의 순간에도 수많은 명복을 함께 빌어야만 한다는 사실이 늘 슬펐다.

　　각자의 불안을 품고 사는 친구들이 있다. 손에 잡히는 건 지푸라기뿐이어서 그걸로 얼기설기 지은 믿음의 울타리 안에 모여들었다. 벽돌은 좀 비싸잖아. 자격이 필요하지. 그러니 언제 불어닥칠지 모를 누군가의 콧김을 상상하며 우리는 죽음에 대해 더 자주, 오랫동안 떠올릴 수밖에 없었다. 막연한 두려움 위에서, 그럼에도 그다음을 계획하면서.

책을 파는 사람의 자기변호

신연경

인문사회 서적을 펴내는 출판사에서 책을 팔고 있다. 새로운 책은 빠른 속도로 출간되고, 이미 나온 책의 판매량은 그에 맞춰 저물어간다. 시장의 중력에 짓눌릴 때면 책에 담긴 이야기도 사라져버리는 듯해 송구스러운 기분이 든다. 불가항력적인 일이라고 생각하면서도.

내가 반기는 순간은 책이 많이 팔린 걸 확인할 때보다 우선 나 자신이 현실에 개입할 수 있도록 이끄는 원고를 만났을 때다. 주로 싸우는 사람들의 이야기가 그렇다. 내가 파는 책은 죄다 어렵거나, 슬퍼서 어렵거나, 화나서 어렵다. 나는 이 어려움을 기꺼이 끌어안기 위해 책을 집어든 사람들이 어떤 마음을 가지고 책 바깥으로 넘어가는지에 관심이 있다.

　　내가 생각하기에 많은 사람은 자신의 고통에 언어를 입히고 싶을 때 책이라는 나라에 발을 들인다. 이 생에서 언제나 넉넉하고 관대한 태도로만 살기는 포기한 사람들. 혹은 포기하도록 종용받은 사람들. 수현과 내 책장도 같은 시기에 이런저런 책들로 어질러지기 시작했다. 밤이면 술을 마시며 빈약한 언어로 되는대로 씨불이고, 서로의 옹송그린 등을 매만지던 수현과 나는 각자의 책장 앞에서 독자가 되어 서성거렸다. 내게 없는 언어, 속을 부유하는 언어를 먼저 잡아챈 사람들의 말을 빌려 내 시끄러운 고통을 직시했다. 책에서 발견한 말들이 우리의 구체적인 일상으로 흘러 들어와 추상적인 분노나 슬픔이 남겨둔 빈자리를 채웠다. 그렇게 남에게 배운 말이 비로소 내 말이 되어 억압을 정의하기 시작할 때, 도피를 위한 출구가 아니라 도약할 수 있는 입구가 열렸다. 다른 사람의 상처로 이주하기 위한 입구.

＊

일하다 만난 한 사람은 책 파는 사람으로서 역량을 고민하는 나에게 "그런 책 내는 출판사 중에서는 그래도 잘 파는 편 아닌가요?"라는 말로 위로를 건넸다. 여기서 '그런' 책이란 이런 것이다. 2천 명이 채 안 사는 책. 그렇지만 이렇게 말할 수도 있다. 고통받은 사람들이 고통을 해체하는 이야기, 억압받는 사람들이 억압을 정의하는 이야기, 증언으로 기능하는 이야기, 피로한 지성의 얼굴을 한 채 글자 너머로는 나아가지 않는 사람들을 꾸짖는 이야기……

세상에 들리지 않는 목소리, 보이지 않는 사람들이라 여겨지는 이들의 이야기를 만나면 역설적으로 듣는 사람은 누구이고, 보는 사람은 누구인가를 질문하게 된다.

언젠가 레슬리 제이미슨의 에세이 『공감 연습』에서 이런 문장을 발견하고 귀퉁이를 접어두었다. "나는 여성의 고통이 지긋지긋하지만, 그것을 지겨워하는 사람들이 지긋지긋하기도 하다."＊

고통을 삶 속에 품고 사는 사람들에게 드리워진 억압은 언제나 진행형이며 익숙해지지 않는 무엇이다. 우리는 사람들의 해지지 않는 고통을 내 것처럼 바라보기 위해서 읽어야 한다.

이런 식의 외침이 어떤 이에게는 통하지 않을 수 있다. 우리는 너무 긴 시간 노동하고, 세상의 온갖 잡음이 영혼을 쑤셔대는 탓에 타인의 고통을 돌아볼

＊　레슬리 제이미슨, 『공감 연습』, 오숙은 옮김, 문학과지성사, 2019, 329쪽.

여력이 충분치 않다. 피로와 분노의 혼합물 같은 몸 뚱이가 발을 질질 끌고 겨우 도착한 곳에서 어떻게 책을 펼 수 있으랴?

가끔 이런 순간에 놓인다. 모르던 이야기를 알게 되어 자기 삶의 방향을 조금씩 바꾸어가리라 다짐하는 독자를 만날 때. 읽기를 통해 자신이 이제 껏 믿어왔던 세상을 과감히 손상시킬 사람들을 찾는 것에서부터 내 일은 시작된다고 믿고 싶다. 누군가 그 책을 집어들 수 있도록 접촉의 영역을 확대하는 일. 여기에 당신이 모르는 이야기가 있다고 연루시 키는 일. 그러면서 독자를 찾는 데서 만드는 데로 나 아가고 싶다.

✣

2021년 전국장애인차별철폐연대의 이동권 보

장 촉구 지하철 선전전 '출근길 지하철 탑니다'가 시작되고, 지독한 혐오의 말이 쏟아졌다. 이미 파괴된 곳도 얼마든지 더 파괴할 수 있다는 듯 구는 세상이 고약해서 무력감이 몰려왔다. 그 무렵 내가 입사하고 맡은 세 번째 책인 『유언을 만난 세계』가 출간되었다. 세상이 '전장연'이라고 부르는 장애해방운동가들이 갑자기 출몰한 것이 아님을 알려주는, 장애운동의 계보가 담긴 책이다. 기억만으로 영원을 담보할 수 없는 이야기를 오래도록 남길 수 있는 것은 활자의 성취다. 그런 한편으로 글로 담을 수 있는 것에는 한계가 있다고 생각할 수밖에 없었다. 글자 밖으로 넘어가고 싶다는 생각을 자주 만지작거렸다. 오전 반차를 내고 혜화역 승강장으로 향했다.

도착한 승강장은 예상처럼 처절하지 않았다. 치열하다고 해서 곧 아수라장은 아니고, 아수라장이 아니라고 해서 치열하지 않은 것이 아니다. 전장연의 한 활동가께서 『유언을 만난 세계』를 꺼내어 낭독하고 계셨다. 한참 허벅지에 손바닥을 닦다 고개를 들었는데 한 시민이 『유언을 만난 세계』를 두 손으로 잡은 채 머리 위로 들어 올린 모습을 보게 되었다. 함께하겠다는 의지의 선언으로 느껴졌다. 그때부터 나는 바닥이 아닌 그 책을 바라보며 등을 꼿꼿이 세웠다. 여기 모인 우리는 각자의 집으로 돌아가 책장 앞을 서성거릴 것임을 예감했다.

⁜

　　나의 일에 대해 다시금 생각해본다. 충실한 독자이기만 해서 이 일을 잘할 수 있나? 그러니까, 오직 마음만으로 책을 잘 팔 수 있나? 책에 대한 진심만을 믿는 것은 섣부른 낙관 혹은 지나친 희망일지도 모른다. 그렇지만 나뿐만 아니라 책을 만들고 파는 사람은 결국 읽어낸 책처럼 살게 된다는 것은 거의 자명하다. 삶은 글로 적히고, 글은 삶으로 구현된다. 그렇기에 책을 파는 행위, 책 읽는 사람을 만나는 행위, 이야기를 퍼뜨리는 행위를 나만의 작은 정치라고 믿고 싶다.

나에게 노동이란 생계를 이어가는 것일 뿐 아니라 자기 존재와 쓰임을 감각하는 일로 인식된다. 사회가 설정한 가치의 위계 속에서 나름의 내 자리를 만드는 것.

책을 알리겠다는 마음만으로 책을 잘 팔 수 있나? 이 질문 자체를 고쳐 쓴다. 이야기를 읽는 것이 우리의 삶에서 중요한 일이라는 믿음을 내가 증명해낼 수 있을까?

한 사람이 함께하겠다는 의미로 책을 머리 위로 들어 올리는 순간을 만나기 위해서 그렇게 해나가고 싶다고 생각한다. 자신의 삶을 미세하게나마 움직이는 독자를 나는 만난 적이 있고, 나 역시 그런 독자가 되겠노라고 의지를 꼼꼼히 다져본다.

　　내게 확신을 주는 것은 어떤 글은 서로에게 없던 장면을 파노라마처럼 펼쳐주고, 우리가 언젠가는 기꺼이 그 글자를 넘어 만난다는 사실이다. 그게 아니라면, 우리는 뭐 하러 책 속에서 연대와 사랑과 우정과 고통을 배우는 것일까? 당신과 내가 글을 넘어 거리에서, 담벼락에서, 광장에서, 지하철역에서 만나게 된다면 좋겠다는 마음으로 오늘도 원고를 읽는다.

다시 시작하시겠습니까?

손수현

      유명한 사람들이 많아졌다. 여러 가지 플랫폼이 생겨났고, 그 안에서 자신만의 콘텐츠를 만들고 팔며 유명세에 비례하여 수익을 벌어들인다. 명동을 걷다가 연예계 종사자에게 명함을 받았다는 일화가 손편지를 주고받던 시절의 낭만처럼 느껴질 만큼, 이제는 침대에 누워 손가락으로 캐스팅을 하는 시대다. 꿈이 무엇이냐는 질문에 많은 아이들이 아이돌이나 유튜브 크리에이터라고 답한다고 한다. 나도 그랬다.

어렸을 적부터 막연하게 유명인이 되고 싶었다. 텔레비전에 내가 나왔으면 좋겠다는 노래는 그런 나를 자극했다. 《I ♥ star!》 같은 잡지를 보면서 아이돌을 꿈꾸거나, 《ceci》나 《kiki》 같은 패션잡지를 보면서 모델을 꿈꾸기도 했다. 그러니까 텔레비전에 나올 수만 있다면 어떤 일이든 상관없었다. 하지만 변성기가 요란스럽게 온 탓에 꾀꼬리 같던 목소리는 사라졌고, 키 큰 아빠와 키 작은 엄마 사이에서 신장도 평균에 그치고 말았다. 그림 그리는 걸 좋아해서 만화가를 꿈꾸기도 했다. 그 모든 꿈이 뒤섞여 연예인이 되어 유명해진 후, 미술학원을 차려 대박을 내는 상상까지 이르고야 말았다. 하지만 그야말로 어린 시절의 '꿈'이었기에 엄마와 아빠는 딱히 잔소리 없이 내 의견을 존중하는 듯했다. 머리가 큰 뒤로는 어디서 보고 들은 건 있어서 자연스럽게 선생님이나 의사 같은 전문직을 희망했다. 그러다 사춘기를 격렬하게 맞이하며 공부를 손에서 놓았고, 그런 나를 구제해준 건 아쟁이었다. 그렇게 시작한 아쟁은 생각보다 재미있었다. 게다가 오랫동안 나에게 확실한 목표를 부여해주었다. 중학교 때에는 고등학교에 가는 것, 고등학교 때에는 대학에 가는 것. 대학에 간 이후로도 계속해서 목표를 세워줬다. 국립악단에 들어가 공무원이 되거나 KBS 관현악단에 입단하거나, 어쨌든 직장인이 되는 것. 나에겐 제자들이 생길 테고 안정적으로 자리를 잡고 난 뒤엔 결혼 같은 걸 해서 언젠가 자식을 낳을 것이었다. 자식들은 대성하여 늙은 나를 부양하며 효도하겠지. 그렇게 안정적인 궤도에 안착하는 것이다. 내게 안정감을 안겨줄 아쟁을 좋아했다. 그런 삶을 유일하다고 여겼기에 동경했다. 그런 삶이 유일한 줄 알았다는 것은 세상의 다양한 모양을 못 보거나, 못 본 척하거나, 우습게 여길 수도 있다는 뜻이었다.

동이의 오디션을 앞두고 함께 대본을 읽던 날

이었다. 시간이 얼마 없었지만 그렇다고 대본만 읽지는 않으니까 서로의 처지를 듣다가 유명해진다는 것에 대한 이야기를 나누게 됐다. 유명해져야 돈을 버는 직업. 그런 직업이 너무나 많다. 카페가 유명해져야 손님이 오고, 앱도 유명해져야 많이 깔린다. 유명해진 이야기가 널리 읽히고, 내가 유명해져야 의심하지 않고 나를 쓰게 될 것이다.

"그럼 어떻게 하면 유명해져?"

커피가 맛있다고 다 유명해진다는 보장은 없으니 그 방법을 고민해야 한다. 그러다 보면 점점 극단적으로 향한다. 비건 음식을 맛있게 먹는 영상보다 '비건인 참교육' 따위의 제목을 달고 있는 영상 조회수가 더 높다. 혐오는 쉽고, 그것은 종종 돈이 된다. 그럴수록 순수한 노동은 하찮아진다. 성실하게 일하는 사람이 바보 취급을 받는다. 동이는 안타깝게 말했다.

"누나, AI 기술이 얼마나 발전했느냐면 CG로

누나 얼굴을 똑같이 만들어서 원하는 대로 연기시킬 수 있대. 배우가 필요 없어지는 날이 온대. 그 사람들 모토가 뭔 줄 알아?"

"뭔데?"

"모든 사람들을 노동에서 구원하는 것."

생각해보면 이미 벌어지고 있는 일이다. 키오스크와 챗GPT처럼. 인공지능이 만드는 창작물은 이제 구별할 수 없을 만큼 그럴듯하고 기계는 예전부터 조금씩 인간을 대체해왔다. 그래서 지금 인간은 행복한가요? 당신은 구원받았나요? 이쯤 되니 나는 진심으로 궁금해졌다. 그런 순간이 온다면, 인간은 도대체 왜 살아야 하는데? 동이는 이내 어깨를 으쓱해 보였다.

연기가 뭔지 잘 몰랐다. 아쟁을 공부하면서 아르바이트로 피팅 모델을 하던 시절, 운이 좋아서 한 아이돌의 뮤직비디오에 출연한 것이 시작이었다.

단지 그뿐이었다. 텔레비전에서 보던 연예인들의 집은 전부 크고 으리으리해서 그 직업을 가지면 그 집이 내 집이 될 줄 알았다. 안정적으로 살기 위해 공무원이 되려 했는데, 연예인이 되어 안정적으로 돈을 벌 수 있다면 그보다 좋은 건 없었다. 부자인데 유명하기까지 하다니, 내 어릴 적 꿈이 근사하게 이루어지는 셈이었다. 배우라는 타이틀을 갖기 위해 그렇게 하루아침에 아쟁을 떠나 미련 없이 직업을 바꾸었다. 하지만 무지의 대가는 혹독했다. 내가 오랜 시간 아쟁을 열심히 해온 만큼, 연기도 당연히 그래야 하는 일이었다. 건반을 누르는 일과 피아노를 연주하는 일은 다르다는 것을 그때는 몰랐다. 무지가 무례였음을 깨달았을 때는 이미 늦었다. 나는 성인이고, 사회는 책임을 져야 하는 곳이었다. 그 책임을 기회 박탈로 지게 됐다. 연기를 못하는 배우에게 일을 맡길 수는 없는 법이다. 일본 배우를 닮았다며 손쉽게 얻은 유명세에 비례하여 욕을 먹었다. 돌이켜

보면 암흑 같던 시기였다. 그때 한 이야기 속 노인이
내게 물었다. "이 일이 복이 될지 누가 압니까?"

    그 무렵 새로운 사람들을 만나게 됐다. 삶을
길어 와 이야기를 만들어가는 사람들. 세상을 조금
더 나아지게 만드는 사람들. 그런 이야기를 쓰는 친
구들. 그런 사람들을 보게 됐다. 암흑이었던 시간이
좋은 동료들을 데리고 돌아온 것이다.

    하지만 어찌 된 일인지 이들은 하나같이 주머
니 속에 지폐 대신 이야기를 구겨 넣고 살고 있었다.
나는 결코 순수하게 옳음을 지향하는 사람의 마음
을 폄훼하거나 그 마음이 자본과 절대 공존할 수 없
다고 단정 짓고 싶지 않다. 하지만 내가 본 현실은 그
러했고, 그렇기에 늘 화가 났다. 나는 정작 필요한 이
야기는 외면하는 세상이, 가난을 낭만으로 치부하는
세상이 점점 더 싫어졌다. 이상한 일이었다. 꼴 보기
싫은 것이 많아질수록 하고 싶은 말이 생긴다는 점

이. 세상에는 물론 아름다운 이야기도 많지만, 내가 하고 싶은 말은 아닌 것만 같았다. 이 세상에서 한 줌의 희망이 끝끝내 사라지지 않도록, 그것을 지키는 사람들을 바라보다 나는 결국 이 일을 해나가고 싶은 이유를 찾게 됐다. 흔적을 남기고 싶은 것이다. 수많은 차별이 실재하는, 그럼에도 포기하지 않는 사람들이 싸우며 지켜온 세상에. 앞선 누군가가 나에게 남겨준, 조금 더 나은 이 세상을 또 누군가에게 무사히 넘겨주어야 하기 때문이다.

발이 땅에 살포시 닿았다. 그러자 이 일을 정말로 사랑하게 됐다. 그 사랑은 무언가를 지켜나가기 위해 나를 먼저 단단하게 세우라고 말했다. "이것이 화가 될지도 모르는 일이지요." 노인은 이번엔 이렇게 말을 할까? 이제 별로 상관이 없다. 계속해서 싸워나가는 사람들이 있고, 나는 그들을 이미 목격했기 때문이다. 그 험난한 과정이 '화'인 것을, 그럼에도 나아가는 순간이 '복'인 것을 믿게 되었기 때문이다. 현명한 친구가 나에게 말했다. 그런 순간은 영원히 반복될 것이나 결국엔 복인 것을, 한번 살아보면 알게 될 것이라고.

비밀 작전

신연경

      그는 내 친구의 동료였다. 처음 만난 날, 수줍은 목소리로 느릿느릿 말하는 버릇 때문인지 어딘가 얼이 빠져 보였다. 어두웠고, 술이 앞에 놓여 있었고, 우리는 취했다. 그는 최근에서야 손예진이 누군지 알게 됐으며(이미 2021년이었다), 15년째 시청하는 TV 프로그램이라고는 〈거침없이 하이킥〉뿐이라고 했다. 상대의 검지를 서로 물고 그걸 참는 이상한 게임을 알려주는 사람이었다. 순진해 보이는 것과 순수해 보이는 것 중 어느 쪽이 더 나빠 보일까? 그날은 그가 순진하다고 생각했던 것 같다. 세상에 관심 없는 사람처럼 보였으니까.

그 자리에 같이 있었던 수현은 다음 날 대뜸 나에게 그 사람이 귀여웠냐고 물었다. 왜 묻지? 설마 내가 그 사람에게 조금이라도 동질감을 느꼈다고 생각한 거야? 오…… 만일 그렇다면 큰일인데! 그냥 우리와는 다른 사람일 것 같다고 대답했다. 처진 눈이 한동안 생각나긴 했다.

단둘이 술을 마시게 됐을 때, 그는 기어코 내게 손가락 물기 게임을 제안했다. 아직 맨정신으로. 나는 질색했지만 이내 그의 검지를 물고, 그는 내 검지를 문 채로 서로의 사정을 봐주지 않았다. 내가 먼저 나가떨어졌다. 이게 뭐 하는 짓이지? 그런 생각과 동시에 나는…… 검지를 움켜쥐고 미친 듯이 웃고 있었다. 너무 재밌고 앙큼하다는 생각을 하면서…….

그와 친구가 될 수도 있었다. 하지만 그의 집 책장에는 토익 수험서와 음악 프로듀싱 책만 꽂혀 있었다. 친구가 될 수 없겠다고 생각했다. 아직 잘 알지 못하는 사람, 그렇지만 앞으로 알고 싶은 사람의 책장이 잘 보이는 곳에 떡하니 있는 건 무서운 일이다. 그가 펌피현상에 동조하거나 일론 머스크 추종자면 어떡한단 말인가? 그러나 곧이어 이렇게도 생각했다. 우리가 같이 산다면 서재를 결혼시킬 필요는 없겠군. 손가락을 꽉 물렸다는 이유만으로……?

심지어 그는 김치 공포증이 있었다. 그게 트라우마 때문인지도 모르고, 세 살 때부터 열무비빔밥을 먹어온 내가 칼국숫집에서 겉절이를 양껏 덜자 그는 고개를 들지 못했다. 착한 그는 귀가 새빨개져서는 접시에 이마를 박고 칼국수 국물만 홀짝거렸다. 나는 고기를 먹지 않고, 그는 아삭거리는 야채를 먹지 못했다.

내가 그의 집에 갈 때면 그는 양파를 곱게 갈아서 한식 한 상을 차려주었다. 나와 먹기 위해서 자신이 먹지 못하는 아삭한 야채를 썰고, 찧고, 갈았다. 그리고는 내가 맛있게 먹는 모습을 그의 성정처럼 조용히 바라보고 있었다. 이런 얼굴이라면, 뭐가 문제겠어?

우리는 연인 사이가 되었다. 김치와 토익 문제는 뒤로 미루고.

⁂

이전까지 내가 지닌 사랑의 필수 성립 조건은 사회성의 결여였다. 방 바깥 세상은 곁가지이고, 방문을 닫은 채 연인과 속닥거리는 순간에 기쁨의 속성이 잔뜩 스며 있었다. 내 방 바깥에는 항상 친구들이 있었다. 따돌림은 사랑의 부지깽이. 바깥에서 와자지껄한 사람들은 그다지 야릇해 보이지 않았다.

그러면서도 내 친구 소호가 우리 집에 온다고 하면 나는 숟가락을 세 개 준비했다. 그의 애인 료도 당연히 같이 오니까. 내가 준비한 숟가락으로 셋이 함께 찌개를 떠먹다가 소호가 남긴 밥을 료와 내가 싹싹 마무리할 때 알 수 없는 충만함이 밀려왔다. 친구와 연인을 다 가진 사람을 보면 부러웠고, 연인이 자신의 친구와도 친구일 수 있는 사람은 더 부러웠다. 게다가 그들이 같은 것을 먹고, 같은 것에 화낼 때, 심지어 같은 것에 웃을 때……! 나는 그런 사랑과 우정이 내 것이길 바랐다.

✛

그는 추궁하지 않는 눈빛으로 내가 왜 고기를 먹지 않는지 점차 궁금해했다. 맙소사, 난 사실 그와 평생 〈거침없이 하이킥〉 속 신지와 서 선생님과 이 선생님의 삼각관계만을 말해야 한대도 그럴 준비가 되어 있었다. 하지만 그는 호기심으로 일렁이는 눈을 하더니 나를 침범했다. 그게 정말 기뻐서, 나도 그의 손바닥을 펴 질문을 적었다. 그러면서 그가 분리배출에 열과 성을 다하는 사람이며 지구 폭력에 반대하는 음악을 만든 적이 있다는 사실을 알게 됐다. 그에게 잘 보이고 싶어서 텀블러에 커피를 담았다.

연인이 된 그와 손을 잡고 다시 칼국숫집에 방문했을 때, 나는 그가 절대 김치를 보지 못하도록 수저통과 주문서, 가방으로 김치를 둘러싼 성곽을 만들었다. 친구들은 내가 연인 없이 그들의 집에 놀러 갈 때, 그동안 집에서 먹지 못한 김치를 먹을 수 있도록 온갖 종류의 김치를 꺼내다 주었다. 우리는 그런 지혜를 하나씩 터득해갔다.

그에게 이유를 설명하기도 했지만, 그보다 더 긴 시간 나는 그를 고기 먹지 않는 내 친구들 집으로 데려가 밥을 먹였다. 나의 작은 비밀 작전이었다. 친구들은 양파를 큼직하게 썰어 넣은 음식이 완성되면 큰 덩어리의 양파를 빼고선 그의 그릇에 담아주었다. 나를 아껴주는 만큼 그를 보살펴주면서 시킨 적 없는 작전을 수행해주었다. 나의 연인은 내게 앞으로 고기 섭취를 줄이는 방향으로 노력해보겠다고 말했다.

나와 그는 이제 한집에서 시트콤을 본다. 손가락 물기 게임 대신 '누가 먼저 상대의 앞니를 만지나' 게임을 하며 침대 위에 엎어져서 자지러지게 웃는다. 그리고 다음 날 함께 피켓을 들고 거리로 나가 죽은 사람을 추모한다. 한껏 뭉툭해지기도 하고 날렵해지기도 한다. 방문을 굳게 닫고 이야기를 시작한다. 그리고 이내 방문을 열고, 사람들을 초대해 귤을 까먹는다. 그는 내 책장에 손을 뻗어 책을 펼쳐 읽는다. 세상의 무수한 이야기가 담긴 바로 그 책들을.

친구들은 고기 없는 가공식품이 새로 출시되면 시식
회를 열고 나를 부른다. 나에게 묻지 않은 채 나의 연
인의 숟가락도 식탁 위에 가지런히 준비해놓고선.

이야기는 왜 너를 따라다닐까

손수현

1999년 1월 15일 금요일

제목: 나의 꿈

내 꿈은 대1부터 대4까지 가수하구 그 후부터 미술 선생님을 할 꺼예요.

왜 가수를 중간에 그만두냐고요?

울 엄마 아빠가 난 미술 쪽에 소질이 있대요.

솔직히 나도 그렇게 생각하지만, 그냥 가수가 되고 싶어요.

그리고 가수 하다가 미술 선생님을 하면 사람들이

더 올 것 같거든요.

하지만 내가 가수를 해서 잘 나간다면 음.

끝까지 할래요.

그룹으로요.

난 지금 고3 때 가수 시작할까 대1 때 할까 고민

중이에요.

엄마는 대1 때 하래요.

또 엄만 내가 가수하는 거 시원치 않으신가 봐요.

아빠는 맘대로 내가 하고 싶은 걸루 하래요.

꼭 '가수'가 될 것을 '맹세'합니다.

　　　　　　　　　싸인 (나름의 필기체로) soohyun

　　새천년을 앞둔 세기말, 누군가는 멸망을 예언
할 때 참 야무진 꿈을 꾸던 초등학생을 만났다. 어렸
을 적 쓴 일기장을 우연히 발견한 날이었다. 마침 며
칠 전부터 '솔직한 글을 쓰고 싶다. 솔직해지고 싶

다!'라는 말이 왜인지 머릿속을 맴돌던 참이었다. 그런데 이렇게까지 모든 욕망이 모조리 드러나 있는 일기를 발견한 것이었다. 한 유명한 드라마에 이런 대사가 있다고 한다. 우리는 혼자 보는 일기장에조차 거짓말을 쓴다나. 많은 사람이 공감하는 바람에 그 공감이 그 드라마를 보지 못한 나에게까지 왔다. 공감은 나만 그런 게 아님을 증명해주는 동시에 이 넓고 막막한 세상이 주는 작은 위안 같다. 이 새까만 어둠 속에 나 혼자 덩그러니 놓여 있는 게 아니라는 방증 같은 거. 그의 말대로 우리는 늘 거짓을 약간 섞을지 모르지만 언제나 연결되기 위해 애를 쓴다. 비둘기 다리에 서신을 묶어 보내고, 칙령을 품고 산과 강을 건너다가 이제는 전자파를 뒤집어쓴 채로. 'my secret book'이라고 적힌 일기장은 정말 secret을 솔직하게 적을 수 있었던 마지막 노트였을까. 그로부터 20여 년이 지난 지금, 지구는 여전히 (멀쩡하지는 않아도) 존재하고, 나는 혼자 보는 일기를 쓰면서도 단어를 고르고 고르게 되었지만, 여전히 무언가 있는 그대로 존재하는 꿈을 꾼다.

　　얼마 전에는 연경과 승은, 셋이서 옹기종기 모여서 또 하잘것없는 망상을 펼쳤다. 백억이 하늘에서 뚝 떨어지는 대신에 평생 노동을 못 해. 받을래? 늘 극단적인 밸런스 게임의 가장 중요한 지점은 반드시 둘 중 하나를 골라야 한다는 것이다. 그렇기에 계속해서 옵션을 걸어본다. 그 돈으로 뭐 만들지도 못하나? 그러면 한 명이 대답한다. 만들 수야 있는데 그렇게 열심히 만든 거 혼자서만 봐야 해. 진짜 막 열심히 찍고 쓰고 했는데 혼자서 읽고 혼자서 봐야 함. 옵션을 하나씩 체크하며 옆에서 골똘히 생각에 잠겨 있던 또 한 명이 불쑥 입을 연다. 나는 솔직히 인정욕구가 있어서 계속 노동을 해야 하는 사람인 것 같긴 한데, 지금 상태로 보면 그 돈 받고 좀 쉬고 싶다. 그럼 두 명이서 맞장구친다. 지금 너 좀 쉼

이 필요하긴 해. 하지만 그렇다고 해서 평생 일을 못 하는 건 가혹해. 노동 안 하면 뭐 해? 그냥 혼자 취미 생활 하고, 맛있는 거 먹고⋯⋯. 허무하려나. 제일 좋은 건 적당히 안정적인 돈을 가진 채로 적당한 강도의 노동을 하면서 살 수 있는 거지. 맞아, 맞아! 그게 좋지. 주는 이 없을 백억을 가지고 나름의 상식적인 결론을 도출해낸 우리는 각자 내일의 노동을 위해 흩어졌다. 그리고 나는 새로 개봉한 영화의 GV를 하러 가기 위해 대구행 KTX에 몸을 실었다.

연기를 한다. 주변엔 나에게 돈을 주는, 그러니까 연출을 하는 친구들도 있다. 그들은 언제나 다른 일을 동시에 한다. 영화는 참 돈이 많이 드는 일이어서 심심한데 영화나 한번 찍어볼까 하면서 시작할 수 없다. 영화를 찍기 위해 사는 집 보증금을 뺐다는 일화는 심심찮게 듣고, 영화를 찍기 위해, 혹은 영화를 찍는 일로는 생활이 안 돼서 아르바이트를 하는

감독은 우리 집 옥상 빨랫대에 널려 있는 팬티처럼
흔하다. 한 노동을 위해서 다른 노동을 하는 이상한
광경에 어느 친구는 연출을 자신의 직업으로 인식하
기가 어렵다고 했다. 너무 비싼 취미 생활을 하는 것
같아서 우리 집 고양이들한테 괜히 미안해. 그럴 때
마다 내가 할 수 있는 일은 나는 네 이야기를 진심으
로 사랑한다고 말하는 것뿐이었다.

　　내가 출연하는 영화들은 대부분 그런 영화들
이다. '독립영화'라고도 불리고 '저예산영화'라고도
불리는. 합쳐서 '저예산 독립영화'라고도 한다. 거의
독립영화만 찍다 보니 얼마 전에는 '독립스타상'이
라는 것도 받았다. 사람들은 종종 묻는다. 상업영화
는 안 하세요? 그 질문에는 여러 결이 있다. 더 자주
만나고 싶어요,부터 더 유명해지고 싶지는 않나요,
까지. 글쎄. 나는 후자의 의미를 만날 때마다 고개를
끄덕이다가 도리도리 흔들다가 결국엔 대각선으로

것게 된다. 유명해서 좋은 점을 꼽다 보면 사실 큰돈을 만질 확률이 높아진다는 것과 인간의 근본적 욕망에 닿는 것 외에는 큰 의미가 없다는 생각이 들기 때문이다. '상업'으로 분류되는 것에 딱히 관심이 없다고 말할 때마다 욕심이 없는 취급을 받곤 했다. 혹은 간절하지 않다거나. 하지만 나는 언제나 간절하게 꿈꿔왔다. 버거킹에서 자주 먹던 비건 햄버거가 사라졌을 때, 좋은 이야기가 만들어지지 못할 때, 필요한 영화의 개봉관이 점점 사라질 때, 나는 버거킹을 가지는, 백억을 가지는, CGV가 내 것이 되길 바라는 꿈을 꿨다. 나는 사실 알고 보면 욕심쟁이예요. 이번에 개봉하는 영화가 관을 많이 확보해서, 많은 관객이 들어서, 다음 영화를 찍을 수 있다면 좋겠어요. 하지만 우리 영화는 '좋은' 영화지만 '작아서' 좋은 시간대에 관을 확보할 수 없었다. 당연한 결과로 관객 수가 적었다. 우리 영화는 돈이 되지 않는 영화로 판명되어 단번에 밀려났다. 이런 결과를 마주하니 얼마 전 밸런스 게임이 떠올랐다. 그 백억을 받았어야 했던 걸까. 한 어린이가 순진무구한 미소를 지으며 멀어진다. 그 모습을 아련히 바라보다가 생각했다. 가수를 하다가 그 유명세로 미술학원을 차리겠다던 세기말의 꼬맹이가 어쩌면 더 현명했는지도 모르겠다고.

연기를 한다. 연기라는 행위가 거짓말인지 아닌지에 대해 사람들이 자주 이야기한다. 누군가는 나쁜 배역을 맡는 바람에 그 역할에서 빠져나오지 못해 작품이 끝나고도 애꿎은 사람들에게 화가 난다고 말한 적이 있다. 그 말을 들은 누군가가 말했다. 착한 역할을 맡았다고 해서 기부했다는 말은 들은 적이 없는데 뭔 소리여. 한 배우는 밤을 지새운 역할을 하기 위해 정말로 밤을 지새우고 온 적이 있다고 했다. 그 말을 들은 상대 배우가 누구누구야, 밤을 지새운 연기를 하면 되잖아,라며 면박을 줬다는 일화는 유명하다. 그러니까 어쩌면 연기는 거짓말이다. 그 행위만을 놓고 본다면 그렇다. 내가 감히 타인이 될 수 있을까. 내 육체에 갇혀서 평생 나를 벗어날 수 없는 주제에. 각각의 개별적 존재인 인간이 타인을 완전히 이해한다고 말하는 건 어쩌면 기만이 아닐까. 하지만 이야기 속에는 늘 타인이 존재하고, 그 인물을 만날 때마다 그의 행위를 이해해야만 한다. 나는 너를 잘 모르지만, 알아가야 했다. 결국엔 공감하는 행위다. 나와는 다른 세상에 사는 사람. 활자로 구술된 세상에 사는 사람. 그가 사는 세상을 받아들인다는 것은 어쩌면 내가 발붙인, 실제로 존재하는 세상을 인식하는 감각에서부터 시작되는 것이다. 그러니까 어쩌면 나로부터 시작되는 것이다. 그러므로 바라본다. 무슨 일이 일어나고 있는지.

옛날 옛적 이야기를 좋아하던 한 소년이 있었다. 소년은 이야기를 너무 좋아해서 어디선가 듣고 온 이야기를 종이에 적어 자루 속에 집어넣고 이야기가 밖으로 새어 나가지 않도록 숨겨두었다. 누군가 이야기 좀 해달라고 애걸해도 고개만 저을 뿐이었다. 자루 속에 갇힌 이야기들은 원한을 품었다. 나를 이곳에 가둬두다니……! 내가 할 말이 얼마나 많은데! 자루 속에 갇힌 이야기들은 결국 원한을 품은 채 귀신이 되고 말았다. 이야기 귀신들은 독을 품은 뱀으로, 독을 품은 과일로, 독이 든 물로 변신하여 자신들을 가둔 소년을 죽이기로 결심했다. 그리고 귀신들이 그 계획을 실행하는 날이었다.[*]

멀리서 웅성거리는 소리가 들려왔다. 바람이 자꾸만 뺨을 치는 탓에 스무 명 남짓 되는 사람들이 모두 두꺼운 패딩을 입고 있었다. 시린 손으로 모니터와 카메라, 삼각대 등의 기자재를 든 채였다. 언

---

[*] '이야기 귀신' 설화.

덕은 가파르고 쇳덩이는 결코 가볍지 않아서 입에서
자꾸만 하얗고 거친 김이 새어 나왔다. 그들은 한편
에 자리를 잡고서 카메라를 고정하고 붐마이크를 들
었다. 커다란 달 같은 조명은 어두운 밤하늘을 밝혔
다. 귀신이 된 이야기의 의상은 미리 받아봤을 때 크
게 이상하지 않아서 그냥 그렇게 가기로 했다. 조명
에 이마가 번들거리는 것이 신경 쓰여 기름만 조금
닦아냈다. 준비됐습니다. 저희도 준비됐습니다. 슛
갈게요. 카메라 롤. 스피드. 레디…… 액션. 슬레이트
소리가 들리고서 잠시 시간이 흘렀다. 잠자코 기다
리자 귀신이 서서히 모습을 드러냈다. 그의 미간은
화가 난 듯 좁았지만, 눈망울은 슬퍼 보였다. 고요히
서 있던 귀신이 이내 입을 뗐다.

　활자 속의 인물이 실로 존재한다는 사실을 잊
지 않는 친구들이 있다. 그들은 레디와 액션, 그리고
컷의 안과 밖에 있는 사람들이다. 그걸 몇 번이나 외

칠까? 백 번? 이백 번? 레디, 액션, 컷을 한 번씩 하면 한 테이크가 끝나는데 과연 한 테이크는 몇 초, 몇 분이나 될까. 그 잠시를 위해 카메라와 마이크를 든 사람이, 슬레이트를 든 사람이, 소품을 걸기 위해 사람이, 흐트러진 머리와 옷매무새를 만지기 위해 사람이, 저기서부터 저기까지 뛴다는 지문을 소화해내기 위해 카메라 앞에서 뛰고 또 뛴다. 또 한 명의 사람인 감독은 그 짧은 순간들을 그러모아 20분, 30분, 100분 남짓의 영화를 만든다. 그런 그들의 어깨 위에 하나씩은 붙어 있는 이야기 귀신을 본다. 누군가 가 둬버렸지만 머지않아 다시 이야기가 되리라는 믿음을 품은. 그리고 나는 기다릴 것이다. 세상이 쉽게 없다고 치부하는 것을 결국엔 존재하게 만드는 순간을. 이 기다림은 어쩌면 거짓으로 가득할지 모를 일기장에서 꺼내든 내 유일한 진심이다.

너무 원하지 않는 방식으로 쓰기

신연경

  엄마는 믿지 않는다고 말하면서도 종종 사주를 보러 다녀왔다. 내 탄생의 결정권자로서 생시와 날짜를 머릿속 깊숙하게 박아놓은 엄마는 묻지도 않고 내 사주를 봤다. 그게 은자에게 얻어 온 비밀이라도 된다는 듯 비장하게 말했다. *너는 글을 쓰는 직업을 가지면 좋다더라. 그래?* 그 말을 매번 처음 듣는 사람처럼 웃어넘겼다. 진지하게 받아들였다간 정말 글이 쓰고 싶어질 수도 있으니까. 내가 작가가 되리라거나, 어릴 때 읽고 자란 공지영이나 박경리, 박완서 같은 작가를 평생 마음에 품고 살 거라고는 생각하지 않았다. 그렇게 되고 싶어질 수도 있는데, 되지 못한다면 너무 수치스럽지 않을까? 내가 무엇이 되고 싶다는 욕망을 가졌다는 사실을 들킨다는 점이, 그럴 가능성을 아예 버리지는 않고 산다는 것이, 그럼에도 결국 아무것도 되지 못할 수 있다는 사실이 항상 멋쩍고 부끄러웠다. 하지만 욕망은 언제나 그것이 되지 못한 상태에서 비롯한다. 그리고 출발선에서 발을 질질 끌며 댔다 떼었다 하면서 운동화가 더러워지는 꼴을 한참 보고 있게 만든다.

이 욕망은 몇 개의 시시한 일화로 가끔 발현된다. 몇 년 전, '꿈 모임'이라는 걸 만들었다. 한 친구는 남의 꿈 얘기만큼 재미없는 것도 없다고 했지만, 나는 꿈 얘기를 듣거나 말하는 게 좋았다. 꿈의 재료는 자기 체험이다. 비-체험의 영역에서 독자적으로 일어나는 듯 보이지만 결국 자신의 정신 안에서 일어났음을 깨닫는 순간이 재미있게 느껴졌다.

특히 좋아하는 사람의 무의식 행적을 따라다니는 것
은 비밀스러운 데가 있었다. 애인이 눈도 못 뜬 채 꿈
에서 이런저런 장소에 다녀온 이야기를 하면 귀엽거
나 껴안아주고 싶거나 불안해졌다. 의미심장함, 그
것이 내가 자주 집중하는 주제였다. 은유에 관심을
두고 살다 보니 그렇게 됐다. 자고 일어나면 내 휴대
전화 메모장에는 이런 게 적혀 있었다.

    '울어. 그리규 넌 그 쌍 넷플ㄹ릭스아ㅣ 빌어먹을
    주인공이 될 수도 있음'
    '시 수업에서 만난 사람이랑 같이 택시를 탐. 그
    사람이 자기는 택시 향기 수집가라고 말함. 처음
    보는 사람인데 갑자기 나랑 다른 방향에서 내린다
    고 말하니 막 가슴이 슬펐음'
    '중환지실. 호흡기를 입에 차고 선배랑 이 책은 양
    장으로 해야 한다고 말함. 젖은 손으로 종이를 만
    져서 글씨가 다 찢어'

꿈으로 써 내려간 이야기는 어쩌면 치트 키를 쓴 것과 같다. 비겁할 수도 있다는 말이다. 진정으로 하고 싶었던 말을 꿈이라는 방패 안에서 안전하게, 에둘러서 한다. 나의 저의를 파악하세요……. 당신의 추론이 필요합니다……. 시작이 어려워 무한히 깜빡이는 커서 앞에서, 너는 무능력하다고 빼곡히 적힌 것 같은 종이 앞에서 첫 문장을 쓸 수 있게 된다. '오늘은 이런 꿈을 꿨다.'

　　마치 278층짜리 탑을 맨몸으로 올라가야 하는데, 누군가가 이렇게 말해주는 듯하다. 사다리는 준비되어 있습니다. 올라가다가 바람에 사다리가 휘청이면 아래를 슬쩍 내려다보면서 오줌을 참는 건 내 몫이지만, 올라타면 시작할 수 있다.

　　그 당시 나는 텀블러라는 소셜미디어에 일기를 빙자한 글을 썼다. 여러 사람에게 말하는 듯, 한 사람에게 수신되길 바라면서. 원래 글쓰기의 속성이 그런 거라고 속으로 작게 항변하면서. 그럼 편지를 쓰지, 왜 여기에서 이러는 거야? 가끔 눈치 없는 물음이 찾아왔다. 설마 '글'을 쓰고 싶은 거야? 글이 그 자체로 대단하거나 숭고하다는 생각을 한 적은 없었다. 글쓰기는 중요하지만, 그것만이 삶의 구원이라는 듯 구는 사람도 얄미웠다. 부러워서. 희망의 발바닥만 핥고 있는 사람들에게는 '─되기'에 성공한 이들이 하는 말은 좀 참아줄 수 없는 구석이 있다.

꿈 모임은 꿈 이야기를 재료로 글을 쓰는 모임이었다. 인간이 왜 자는 동안에도 삶을 가져와서 이야기로 만들어내는지 궁금하다고 모집 글에 적었지만, 순전히 거짓말이었던 것 같다. 글을 써보고 싶은 마음을 숨기기 위해 이 모임에서 우리는 프로이트의『꿈의 해석』이나 신해욱 시인의『해몽전파사』, 권민경 시인의『베개는 얼마나 많은 꿈을 견뎌냈나요』같은 책을 읽을 거라고 덧붙였다. 신청서를 낸 사람들 중 이렇게 생각한 이도 있었을까? 당신의 저의를 알고 있습니다. 그리고 저도 그렇습니다…….

남의 꿈이 궁금했든, 글이 쓰고 싶었든 어쨌든 간에 여섯 명의 딜레탕트들이 모여 누군가의 작업실, 카페 등을 옮겨 다니며 부단히 글을 썼다. 글을 쓰기 전에 먼저 절망하고, 쓰면서 절망하고, 서로에게 내보이기 전에 몸을 떨었지만 아무도 전문적인 사람이 없었으므로(전문가는 누구인가?) 아무도 서로를 혼내지 않았다(전문가만 혼을 낼 수 있다?). 우리는 그 대신 서로의 마음에 적중한 부분을 말해주었다. 소름이 돋았어요. 어쩜 이렇게 섹시한 글을 쓰셨나요. 슬퍼요, 저도 그랬어요. 서로의 글을 보듬다 막역해진 우리는 술을 마시다 헤어졌고, 글쓰기보다 책임져야 할 것들이 많아진 사람들이 한 명 두 명 모임에서 하차했다.

꿈이라는 한 겹이 사라지고 질문이 남았다. 무엇을 써야 할까? 그리고, 꼭 내가 써야 할까? 하지 못할 것 같을 때 이런 질문은 하고 싶은 마음을 망각하려는 속셈이다. 이 만성적인 염증을 오래 손에 쥐고 있었다. 나를 다그치는 방식으로 나에 관해서 너무 많이 생각하다 보면 자의식이 염증처럼 곪아 새어 나왔다.

✢

수현은 벌써 몇 권의 책을 썼다. 그가 노트북 앞에 앉아서 원고를 마감하고 있으면 안경에 비친 노트북 불빛 때문에 눈알이 보이지 않아 초사이언처럼 보였다. 그 누구보다 전문적인 표정으로 안경을 빛내며 그는 심각하게 말했다. "나 진짜 깜냥이 안 되는 짓을 계속하고 있는 것 같아……." 나도 그쯤 아무도 봐주지 않는 글을 쓰면서 그 '짓'을 반복하고

있었다. 수현에게 '언니…… 나 이거 한번 봐줄래?'

소심하게 물어보며 얌전히 앉아 손길을 기다리는 기

니피그처럼 웅크렸다. 수현이 내 글 앞에서 자리를

지키며 앉아 있는 시간 동안 나도 그가 써 내려간 글

앞에 앉아서 그의 유년과 지금 사이를, 실패와 실패

사이를, 불안과 위안 사이를 건넜다.

　　　그는 연기를 한다. 타인의 삶을 들여다보고

재현하는 방식으로, 그래서 열연하는 방식으로. 남

이 안 부르면 내가 나를 부른다는 기세로 시나리오

를 쓰고 영화를 만든다. 그걸 숨기지 않는다. 영화를

만드는 곳에 가서 제작진의 김밥도 챙기고, 집도 빌

리고, 무거운 물건도 차에 척척 싣는다. 때로는 그 무

엇도 하지 않은 채 집에서 명상하고, 고양이와 비비

적거리고, 놀기만 하는 삶을 꿈꾸며 욕도 한다. 그러

다가 나를 끌고 점집에 가서 '제가 연기를 계속해도

되나요?' 묻는다. 글을 쓸 땐 삐져나온 반곱슬머리가

안테나라도 된다는 듯이 집중한다.

아마 지독하게 외롭고 괴로운 시간일 것이다. 하지만 그는 이런 시간이 그 자체로 전부인 듯 굴지 않는다. 그런 날들은 유혹적이진 않을지라도 살아가는 모양새를 뚜렷하게 만들어준다. 무엇도 아닌 채로 하루하루 사람과 동물을 살피면서 버텨내는 시간이 얼마만큼 의미 있는지 내게 가르쳐주었다. "아무것도 쓰지 않고 그냥 살아왔던 시간도 중요하다"라고 한 박완서 작가의 말처럼.

하루는 시나리오를 쓰고 있는 수현에게 물었다.

"언니는 어떻게 그냥 막 이렇게 저질러버려?"

간단한 대답이 돌아왔다.

(키보드를 타닥타닥 두드리며) "해야 하니까 하는 거지."

아, 내 몸에 각인된 성정에 따르면 나는 배신감을 느꼈어야 한다. 어떻게 그냥 해? 어떻게 나와 같은 괴로움을 느끼지 않을 수 있어? 하지만 자신만의 치열함을 지나쳐온 사람의 눈매에는 어떤 진실함이 징표처럼 맺혀 있어서 그런 말을 떠올리지 않을 수 있었다.

　　그는 내 글을 꼼꼼히 읽고, 좋았던 점을 느릿느릿 말해준다. 그리고 덧붙인다. 나 여기는 잘 이해가 안 되는데, 내가 이해한 게 맞아? 여기는 약간 연결이 안 되는 것 같은데? 이런 방식으로 써보면 어때? 그럼 나는 내 자리로 돌아가서 끙끙대며 글을 지우고, 살을 붙이고, 비틀면서 고친다. 그가 쓴 글을 내게 들이밀 때면 그에게 들은 말을 더듬더듬 배워 되돌려준다. 한 사람에게 잘 도착하길 바라는 마음. 나를 쓰기 시작하게 한 그 감정이 되살아났다. 그에게 계속 글을 보여주고 싶다는 마음이 자라났고, 그런 마음도 글이 될 수 있음을 깨닫게 되었다. 그래서 우리는…… 너무 원하지 않는 방식으로도 같이 글을 쓰는 사이가 되었다.

불안에 일가견이 있는 사람으로서 나는 그가 필요하다. 무언가에 실패하더라도 자신일 수 있음을 일깨워주는 사람. 내 사주팔자에 새겨져 있다는 글쓰기가 열망과 수치가 되기보다 그 무엇도 아닐 수 있음을 알려주는 사람. 쓰고 싶다는 열망에서 우정을 발견하게 해주는 사람. 그는 내가 꿈속에 숨지 않고도 기어코 이 글을 쓰게 해주었다.

에필로그

손수현

우리 동네엔 새가 많다. 참새와 까치, 까마귀와 비둘기. '우엉' 하며 동네를 울리는 이름 모를 새까지. 거실 창가에 앉으면 새를 더 쉽게 관찰할 수 있다. 창 너머로 이웃집 옥상이 한눈에 내다보이고 그곳이 방앗간인 모양인지 새들이 자주 드나들기 때문이다. 이윽고 나는 새들이 가느다란 다리로 서 있던 자리를 박차고 날아갈 때마다 내는 소리를 알아듣게 됐다. 전깃줄에 앉아 똥을 싸는 순간, 작게 들썩이는 엉덩이의 움직임도 목격했다. 어디선가 감을 물고 와 발로 잡고 뜯어먹는 모습도. 자주 싸우는 까치

무리를 보며 그들을 '깡치'라고 부르는 이유를 납득했고 갑작스럽게 비가 내릴 때는 비를 피하는 참새들의 작은 모임을 자주 봤다. 한번은 이불을 털러 옥상에 올라갔다가 난간에서 쉬고 있던 거대한 까마귀 둘과 눈이 마주친 적이 있다. 까마귀를 대면한 건 처음이었다. 까마귀가 이렇게 크다고는 아무도 알려준 적이 없었는데. 당황했다. 내 이불을 채 갈 수도 있을 것 같았다. 그렇다면 독수리는 실제로 얼마나 큰 걸까? 익룡의 날개는 서대문구를 덮고도 남았을까? 하늘은 높고 지구는 너무 커다래서 이들을 점으로 만들어버렸다.

아파트가 점이 되는 순간도 있다. 도로가 선이 되고 인간은 먼지가 되는 그 마법은 비행기에서 이루어진다. 육지를 떠나 섬으로 갈 때, 바다를 건너 저 대륙으로 건널 때마다 하늘의 높고 넓음을 체감한다. 경이롭다. 그리고 허무하다. 내가 우주의 먼지구나 싶은 순간에는 이렇게 아둥바둥 살아가려는 노력이 부질없게 느껴진다. 그럼에도 불구하고 산다. 왜 살까? 새는 왜 살까? 하늘을 유유히 나는 새를 보며 저 새는 돈도, 휴대전화도 들 일이 없어서 날 수 있나 하는 지극히 인간중심적인 생각을 한다. 이윽고 날개가 없는 나는 돈이 있어야만 날 수 있다는 사실을 떠올린다. 인간이 욕망으로 일구어낸 기술 덕분에 욕망의 대가를 치른 나는 공중에 뜬 안락한 의자에 앉아 망상한다. 가끔은 대가 없이 원할 때 날 수 있는 새가 부러웠는데 그 또한 참 '인간적'이라는 생각에 그만두었다. 내가 가진 것과 가지지 못한 것을 나열한다. 이게 산다는 건가?

인간이 존재한다는 사실이 이상하다는 생각이 들었다. 먼 과거, 역사 속에만 존재하는 것 같았던 전쟁이 일어난 날이었다. 이런 시대에 전쟁이라니. 중얼거리다가 멈칫한다. 전쟁이 날 법한 시대라는 게 따로 있나? 그건 다 현재가 과거를 낡은 것으로 치부하며 손쉽게 잊었기 때문이 아닌가? 왜 하필 모든 생명체 중 이익을 위해 제 손으로 지구를 부수고 거리낌 없이 서로에게 총과 칼을 겨누는 인간이 가장 똑똑한 걸까. 우리는 스스로 멈출 수 있을까? 누군가는 이 자멸의 과정 또한 참으로 '인간답다'고 했다.

신을 믿지 않는다. 하지만 때로 절망 속에서 신을 찾는다. 정말로 신이 존재해 세상의 인과를 안배했다면 조금 더 쉽게 포기할 수 있을 것 같아서. 유신론자들은 신의 모습을 본떠 만든 것이 인간이라 말한다. 우주를 만들고 지구를 만들고 수많은 피조물을 만들어냈지만 신이 가장 사랑하는 존재는 단연 자신의 형상을 띤 인간이라고. 내가 신이라면 고개를 저을 것만 같다. 이러라고 만든 지구가 아닐 텐데? 누군가를 혐오하고 배척하며 총과 칼을 겨누라고 이 모든 걸 만들어냈을 리 없다. 만약 그랬다면 신은 악취미를 가진 걸까? 그게 아니라면 그는 사실 아무것도 사랑하지 않을지도 모른다. 사랑한다면 속수무책 망해가는 세상을 손 놓고 방관할 리가 없으니까. 사랑하는 이가 홀로 깃발의 맨 앞에 서야만 한다면, 신은 없는 것이다. 이 세상을 부수는 것은 인간이지만, 누군가 내팽개친 이곳을 사랑하는 존재를 위해 지켜내는 것도 늘 인간이었기 때문이다. 그러니 마지막 애정을 쥐어짜본다. 그것은 믿음이다. 믿음을 쥐어짠 보자기에서 한 방울 떨어지는 건, 희망이다. 그러니까 내가 쓴 이야기의 끝에는 누군가의 허름한 냉장고가 보일 것이다. 아주 느린 속도로 폐허가 된 집 안을 가로지르는 카메라. 냉장고 문짝에는 언젠가 친구들과 찍었을 사진, 함께 지냈던 연인과 고양이 그림, 그리고 소중하게 주고받았던 쪽지 따위가 아무렇게나 붙어 있다.

*'찌개 두부라 그런지 자꾸 바스라져. 살짝만 데쳐서
국이랑.'*

*'한 끼를 먹어도 허투루 먹지 않는 친구들에게. 둘
의 집에 초대해줘서 고마워. 혜승이가.'*

*'깜찍한 내가 더욱 귀여워지고 싶은 그런 날에 이
양말을 신고 기분 좋은 외출을 하길. 긴 인사는 조
금만 더 미루고. 연경딸램지.'*

카메라는 그런 냉장고를 비출 듯 멈칫하다가
이내 무심히 지나쳐간다. 카메라가 지나간 그 자리
엔 여전히 허름한 냉장고가 소리 없이 서 있다. 그 안
에는 언제부터 있었는지 알 수 없는, 아주 낡고 오래
된 희망이 들어 있을 것이다.

'MERRY CHRISTMAS 친구들, 사랑해!'

나는 그런 결말을 좋아한다.